AF210850

Vorwort

Wir schreiben das Jahr 2013. Das Leben, so wie man es
kannte, ist vorbei. Es gibt noch 6 Riesenfestungen, die
sich in der Nähe der letzten Rohstoffe befinden. Eine dieser
letzten Zufluchtsorte befindet sich in den USA, in Südamerika,
ein anderer in der Nähe des ehemaligen Dubai, einer im Irak,
weiter im Nordosten einer in der damaligen Sowjetunion. Der
letzte befindet sich in Kanada, der aber aufgrund seiner
geringen Ressourcen und der ständigen Belagerungen und
Angriffen wohl nicht mehr existieren wird. Die Staatschefs
werden nicht mehr gewählt, sondern die reichsten und
mächtigsten Männer der Welt haben die Macht an sich
gerissen. Der letzte amerikanische Präsident war Barak
Oblata, der mit seiner kompletten Familie bei den Unruhen
2011 in Washington ermordet, wohl eher hingemetzelt
wurde. Der neue Despot ernannte sich kurz danach zum
Anführer. Er nannte sich Greenburg, war ein circa 170 cm
kleiner, vierzigjähriger, etwas verhärmter Mann mit

leichtem Hang zum Übergewicht. Man kannte ihn früher als Sympathisant der rechten Szene. Genau wie die anderen selbsternannten Anführer, befahl er sofort die Befestigung der ressourcenreichen Gebiete mit Mauern, die teils aus Stahl und teils aus Mauerwerk gestaltet wurden. In keiner Mauer der Welt, wie man sie vorher kannte, gab es so viele Türme, Schießscharten, Selbstschussanlagen und sonstige Verteidigungsmittel, die man sich vorstellen kann. Die Küstenstreifen, die noch zum Fischfang genutzt werden konnten, wurden von riesigen Schlachtschiffen und Minen verteidigt, die monatlich umgesetzt wurden. Keine Chance! Der südamerikanische Despot hieß Gaudo Schüller, was den Verdacht aufkommen ließ, dass er deutsche Vorfahren gehabt haben musste, angesichts des doch sehr deutschähnlichem Namens. Er war im Gegensatz zu Greenburg ein durchtrainierter Mann im mittleren Alter, der sich zuvor viel für den organisierten Drogenhandel interessierte, woher wohl auch sein immenses Vermögen stammte. Der Mann aus Dubai war einer derjenigen Freiheitskämpfer, wie er sich selber nannte, der zuvor von den meisten damals noch intakten Staaten, als Terrorist gejagt wurde. Kake Mischtar war der unangefochtene Anführer der Festung östlich von Dubai, dem Iran. Er entstammte einer der reichsten Familien Saudi Arabiens, setzte sich aber früh in den Iran ab. Er war von Kind an ein sehr grausamer Mensch, der zum richtigen Zeitpunkt seine Macht durch die richtigen Entscheidungen erlangte. Er war noch sehr jung, schätzungsweise 25 Jahre und zeigte sich nur sehr selten, weil er zudem auch ein sehr vorsichtiger Mann war. Dubai regierte Idi Bin Mastaf, der als Nomade durch den ganzen Orient zog und sich durch kleine Jobs, die meistens im Töten von so genannten Störenfrieden bestanden, über Wasser hielt. Sein Ruf eilte ihm voraus, worauf der damalige Despot ihn zu sich kommen ließ und sein Potential sofort erkannte. Wenn er zurückblicken könnte, hätte er seinen unbändigen Willen sehen sollen, der mächtigste Mann der südöstlichen Welt zu werden. Dies wurde ihm bewusst, als er die zwei Kugeln aus den Pistolen auf sich zukommen sah, die Mastaf immer bei sich trug und die er bei einer günstigen Gelegenheit auf ihn abfeuerte. Pustin, der die Gegenden der Sowjetunion befehligte war bis zum Schluss einer der führenden Berater des Präsidenten und des Geheimdienstes. Durch seine weltweiten Kontakte hatte er meist auf alles die richtige Antwort und übernahm dadurch die Macht genau zum richtigen Zeitpunkt. Sein Vermögen bestand aus den Einnahmen der Korruptionen, die im ganzen Land schon lange zuvor herrschte. Dass Pustin nach der Übernahme nie wieder gesehen wurde, wunderte niemanden so richtig, weil er ein kleiner fetter Mann war, der gerne und übermäßig viele Drogen zu sich nahm. Der Letzte der Mächtigen war Sören Paulsen. Nachdem er in Skandinavien durch die einzelnen Länder reiste, Kontakte knüpfte und durch kriminelle Machenschaften ein nicht zu verachtendes Vermögen anhäufte war er der meistgesuchte Mann in diesen Ländern. Er setzte sich zeitig nach Kanada ab und kam durch seine Kontakte und seinen Reichtum schnell an die Macht. Er war damals schon sehr krank, er hatte Krebs, was trotz der fortgeschrittenen Medizin noch nicht heilbar war. Nur in den Festungen gibt es noch genügend Wasser um Land zu bestellen und das Überleben weniger zu sichern. Beim damaligen Rüstungsabbau haben diese sechs skrupellosen

Egoisten sich dieses zu Nutze gemacht indem sie sich die Kampfmaschinen, die Waffen und die dazugehörige Munition aneigneten. Dadurch ist es fast unmöglich eine dieser Überlebenspunkte zu erreichen, geschweige denn zu infiltrieren. Immer wieder versuchten diejenigen, die noch am Leben waren, diese Oasen des Lebens zu erreichen. Zwecklos. Bis eines Tages jemand erschien, der ganz anders an die Sache heranging. Diese Geschichte wurde ihm zu Ehren niedergeschrieben. Ob sie jemals gelesen wird kann zum heutigen Zeitpunkt niemand vorhersagen.

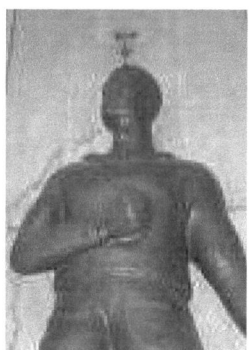

Zu Ehren

„Kasch"

Kapitel 1

Die Geschichte

Die Geschichte beginnt im Jahre 2007. Damals war die Arbeitslosigkeit so hoch wie fast nie zuvor! Die einzelnen Staaten waren zumeist am Ende mit ihrem Latein; heißt: Alle, bis auf wenige Staaten, waren finanziell so hoch verschuldet, dass alle Bemühungen die Wirtschaft anzukurbeln fehlschlug. Die Unternehmen verdienten immer mehr, dass arbeitende Volk verdiente immer weniger und alles wurde teurer. Die Preise der Hersteller, die nicht gehalten werden konnten, wurden durch finanzielle Mittel, von wem auch immer, aufrecht erhalten. Der Versuch, durch ein vereinigtes Europa, die Wirtschaft in den Griff zu bekommen ging leider auch völlig daneben. Als dann die Drogenbarone ihr gesamtes Kapital aus den vorhandenen Märkten herauszogen, war alles vorbei. Das Volk, bis dahin immer beschwichtigt und durch, zugegeben, ihre teilweise schlimme Vergangenheit, war nicht in der Lage sich früh genug aufzulehnen. Ein Jahr später gingen einige Großkonzerne pleite und mussten noch mehr Menschen entlassen. Das Jahr darauf wurden einige Skandale der Öffentlichkeit mitgeteilt, was man im nach hinein vielleicht besser vertuscht hätte. Zum einen wurden Manager, die zu den bestbezahltesten Menschen der damaligen Zeit gehörten, für ihre Unfähigkeiten durch einen Bonus dazu ermutigt im nächsten Jahr besser zu arbeiten, zum anderen gingen Banken bankrott und wurden durch den Staat, bzw. durch den Steuerzahler gesponsert. Die Bevölkerung erfuhr zudem, dass die Arbeitslosenzahlen durch den Staat getürkt wurden. Es wurden Menschen, die schon Jahre zuvor gestorben waren, oder schon vor geraumer Zeit im Ruhestand oder in Rente waren, nicht, wie es sein sollte, aus den Statistiken der arbeitenden Bevölkerung ausgegliedert, sondern im Bedarfsfall wieder reaktiviert um die Arbeitslosenzahlen nicht zu schnell hoch schnellen zu lassen. Diese ganzen Informationen hätten normalerweise die Menschen aufrütteln müssen. Doch………??????

Es kam anders.

Kapitel 2

Wir schreiben den 27.03.2013, einen Mittwoch.

Die Welt liegt zum größten Teil in Schutt und Asche. Die
großen Seen und die im Land befindlichen Flüsse waren durch
die „6" vergiftet worden oder durch Sprengungen mit riesiger
Hitzeentwicklung einfach verdampft. Die Quellen wurden
entweder gestaut oder auf irgendeine Weise stillgelegt um
den übrig gebliebenen Menschen das Überleben so schwer
wie möglich zu machen und damit ihre eventuelle Gegenwehr
noch mehr zu brechen. Es gibt auf der ganzen Welt verstreut
Tausende von kleineren Gruppierungen, die sich gerade so
eben am Leben erhalten können. Trinkwasser war nicht das
vorrangige Problem. Man spannte einfach große Plastikfolien
über einen großen Kreis, der aus Stein oder Holz gebildet
wurde und fing das sich durch die Witterung oder die
Sonnenstrahlen bildende Wasser mittels riesigen Kübeln in
der Mitte des Kreises auf. Problematisch war die Nahrung, da
die Tierwelt so gut wie ausgerottet war. Die ewigen
Kurzangriffe der schwarzen Schwadronen der „6" taten ihr

übriges. Der Mann, der uns retten sollte war ein junger Kerl, der sich zumeist alleine durch die unwirklich scheinenden Wälder und Landschaften schlug. Er kam an besagtem Tag in unserem Camp, dass in der Nähe der damaligen Deutsch – Österreichischen Grenze lag, an. Abgesehen davon, dass unser Lager von außen nicht erkennbar war, schaffte er es in unsere, hauptsächlich unter der Erde gelegenen, Tunnelsysteme einzudringen ohne dass es jemand bemerkte. Als er sich zu erkennen gab, hatte er unseren Führer Karl von hinten in der Armbeuge und hielt ihm ein Kurzschwert an den Hals. Er verteuerte uns ihm nichts zu tun. Da er aber wusste, dass allen Fremden Argwohn entgegengebracht wurde und sie meistens erst getötet wurden bevor sie zu Worte kamen, wählte er diese Art sich vorzustellen. Unser Führer befahl uns ihn umzubringen, ungeachtet seines eigenen Lebens. Wir setzten gerade an um unseren Führer, wenn es geht nicht sterben zu lassen und den Fremden trotzdem zu töten, als unser Ältester, der nach seinem Aussehen nach schon 120 Jahre alt sein musste (man sah sein Gesicht vor lauter Haaren nicht), aufschrie!" Lass ihn reden" sagte er mit einer sehr beruhigender Stimme! Nachdem wir uns alle beruhigt hatten, setzten wir uns um unser riesiges Lagerfeuer, dass rot und gelb in lodernden Flammen fast bis unter die Decke schlug und dessen Rauch durch ein weit verzweigtes Röhrensystem abzog, sodass er nicht zu erkennen war, wenn er die Oberfläche erreichte. Der „Älteste" erwähnte noch, dass er eine Geschichte aus England gehört hatte, die einen Mann wie ihn beschrieb und die Glaubhaft unter allen Widerstandsgruppen erzählt wurde.

Dann begann er seine Geschichte zu erzählen!

Kapitel 3

Der Anfang

Seine Geschichte war lang aber sie war auch spannend und aufklärend! Sie begann im Jahre 2010! Kasch, wie er sich nannte, arbeite damals als Ausbilder von Sicherheitskräften. Er bildete sie in eigens entwickelten Kampftechniken aus, in Sachen der damaligen Gesetzeslage und ganz besonders im Bereich der Psychologie. Er legte besonderen Wert darauf durch das Verhalten seines Gegenübers einen Schluss ziehen zu können, damit man auf jede Reaktion angemessen und blitzschnell reagieren könne. Die Arbeit war knapp, was selbstverständlich auch seine Branche betraf. Damals traten einige scheinbar seriöse Herren an ihn heran und baten ihm einen gutbezahlten Job an, bei dem er Freiwillige in seiner Kampftechnik und seiner angewandten Psychologie ausbilden sollte. Das Angebot war sehr verlockend und er nahm es an! Zu Anfang lief alles sehr gut. Er arbeitete jetzt für Greenburg Nach und nach rückten die Kampfausbildungen immer mehr in den Vordergrund.

Als er fast nur noch als Kampfausbilder eingesetzt wurde,
sprach er mit dem Leiter des Ausbildungscamp. Aufgrund
seiner Fragen und vor allen Dingen der Antworten des Leiters
kam er zu dem Schluss, dass hier nur gedrillte Mörder
gebraucht wurden. Er nahm seine Arbeit wieder auf und
erdachte in dem nächsten halben Jahr einen Plan, der ihm die
Flucht ermöglichte und wenn es möglich war seinen Tod
vortäuschte. Am 13.10.2010 war es dann soweit. Er
verrichtete seine Ausbildung wie gewöhnlich. Am Abend ging
er in die einzige Abwechslung, die das Camp bot, der
Spelunke Blowground. Er setzte sich zu einigen
Neuankömmlingen, die alle aussahen, als seien es hirnlose
muskelbepackte Riesen, die ohne Anleitung nicht mal die
Gabel zum Mund führen konnten. Er unterhielt sich angeregt
mit ihnen und sie tranken viel. Seine Getränke erreichten
immer nur zur Hälfte seinen Blutkreislauf, da er ja noch viel
vorhatte. Er wusste, dass bei einem Streit immer alle Parteien
eine Nacht lang in eine Art von U-Haft kamen. Die Zellen
gehörten auch zu seinem Aufgabenbereich, da er auch in
Fragen der Sicherheit der Berater des Campleiters war.
Während seiner wöchentlichen Inspektionen der

Sicherheitsanlagen präparierte er eine der Zellen so, dass man mit leichter Gewalt und ziemlich lautlos eine der Wände durchbrechen konnte. Die Neuankömmlinge brauchten nach dem übermäßigen Alkoholgenuss nicht lange um in Rage gebracht zu werden. Es begann eine Schlägerei, die aber nach kurzem durch das Wachpersonal beendet werden konnte und alle in die Zellen kamen. Kasch wusste, dass die Neuen in die dreckigsten Räumlichkeiten gesteckt würden. Er wartete ein bis zwei Stunden, dann machte er sich an die Arbeit, die Mauer zu bearbeiten. Die Monate zuvor hatte er das ungesicherte Gelände um das Camp zu Fuß abgegangen, wobei sich die Fußmärsche immer mehr ausweiteten. Als Begründung gab er an, dass die Sicherheit schon weit vor dem Camp beginnen müsste, was ihm der Leiter auch abnahm. Der letzte Ausflug hätte seinen Plan beinahe zu Nichte gemacht. Er war jetzt ungefähr sechs Stunden unterwegs gewesen um seine letzten Ausrüstungsgegenstände zu vergraben. Da nahm er ein Geräusch war. Er ging sofort in Deckung. Er sah vier Gestalten, die anscheinend ein Lager aufschlagen wollte. Er wollte sich gerade rückwärts aus dem Staub machen, als hinter ihm ein Ast brach. Er blickte sich um und sah in ein

grinsendes Gesicht eines kräftigen Kerls mit einem SG

im Anschlag. „Aufstehen und Hände über den Kopf" brüllte

er! Er tat wie ihm befohlen und wurde zu den anderen

geführt, immer das Sturmgewehr im Rücken fühlend.

Angekommen wurde er von einem hünenhaften Mann

ausgefragt. Er antwortete nicht und bekam einen Hieb nach

dem anderen bis er ohnmächtig zusammensank. Einige

Stunden später erwachte er gefesselt und sah die Kerle um

ein Feuer sitzen. Sie mussten zu Greenburgs Männern

gehören, sonst wären sie nicht so unvorsichtig gewesen ein

offenes Feuer zu machen. Er versuchte seine Fesseln zu lösen,

in dem er die Seile an einem Stein, der ihn im Übrigen sehr

unangenehm im Kreuz gedrückt hatte, schabte. Es gelang

ihm. Die fünf saßen um das Feuer und unterhielten sich

angeregt darüber, was sie wohl mit der Belohnung für ihn

machen würden. Die zwei, die mit dem Rücken zu ihm saßen

waren kein Problem, sie würden eher schlafen, als sie ihn

bemerken würden. Die zwei gegenüber waren schon

schwieriger. Sie würden ihn auf sich zukommen sehen. Der,

der halblinks saß war untersetzt und redete auch kaum mit.

Wahrscheinlich der Schwächste der Fünf. Ihre Waffen hatten sie nahe bei sich, also war Schnelligkeit gefragt. Kasch sprang auf, sprang zu den Fünf, erwischte den Ersten links und den Zweiten rechts mit dem Stein, mit dem er zuvor seine Fesseln geöffnet hatte, an der Schläfe. Er stürzte sich mit breiten Armen auf die Gegenüberliegenden und schnappte sich dabei eine der Waffen mit der er sofort auf den „Schwächsten" ,der immer noch wie angewurzelt da saß, zielte und schoss. Er traf ihn mitten in die Stirn. Die anderen beiden rappelten sich auf, doch da war es zu spät. Er traf einen in die Brust und den anderen in die Magengegend. Nachdem er vier von ihnen mit einer Automatik sicherheitshalber durch einen gezielten Kopfschuss außer Gefecht gesetzt hatte, wand er sich demjenigen mit dem Bauchschuss zu. Er wollte wissen, wer er war und wer ihn geschickt hätte. Der Typ war sehr redselig und erzählte ihm das sie für Greenburg arbeiteten und der Leiter des Ausbildungscamps sich über die immer länger werdenden Ausflüge von jemand den sie Kasch nannten gewundert hätte. Sie sollten ihm auflauern und herausfinden was er solange außerhalb des Camps macht. Sie hatten die

Information, dass er das Camp immer am Dienstag und am Donnerstag um 0900 verlassen würde und wahrscheinlich gegen 2000 hier in der Gegend ankommen würde. Daher wollten sie sich vorher noch ausruhen und dann auf ihn warten. Das waren gute und auch genug Informationen. Kasch ließ ihn liegen. Er würde seinen Verletzungen erliegen. Er wusste nun, dass man ihn nach Entdeckung seiner Flucht an einem vollkommen falschen Ort suchen würde. Er rechnete damit, dass sie frühesten morgens zum Wecken bemerken würden, dass er nicht mehr in seiner Zelle war. 6 Stunden. Dann würde nochmal eine gute Stunde vergehen bis die Jagdmannschaft aufbrechen würde. 7 Stunden. Sie würden mit Helikoptern in einer Entfernung von 40 km anfangen zu suchen, wenn er schon fast das Dreifache zurückgelegt hätte. Gute Voraussetzungen.

Kapitel 4

Die Flucht

Seine Flucht gelang. Er musste sich den Weg durch die ganze USA bahnen. Unterwegs traf er auf viele kleine Gruppen, die er aber vorsorglich mied, da er nicht wusste, ob sie nicht auch für Greenburg arbeiten würden. Einmal fand er sogar eine noch funktionierende Draisine, die ihm viel mühsamen Fußweg abnahm. Das Wetter war auch nicht mehr so wie man es kannte. Durch die stetige Umweltverschmutzung war die Umwelt nicht mehr auszurechnen. Heute war es Plus 40° Celsius, morgen 20° Minus. Mitte 2011 erreichte er die Ostküste in Höhe New York. Da der geregelte Schiffsverkehr nicht mehr existierte und eine Überfahrt mit einem schwimmenden Gefährt durch die Minen zu gefährlich war, beobachtete er die Küste ein halbes Jahr lang. In dieser Zeit sah er sieben Schiffe. Drei davon fuhren unter der Flagge von Gaudo Schüller, drei unter dem Banner von Sören Paulsen. Das siebte Schiff kam nur bei starkem Nordwind in Richtung

Süden vorbei und umgekehrt. Es hatte keine erkennbaren

Kennzeichnungen. Das war zu der Zeit seine Hoffnung. Am

24.12.2011 einem Samstag war es dann soweit. Es war einer

dieser seltsamen Tage, an dem das Wetter zwei bis dreimal

umschlug. Am Morgen war es recht stürmisch und er

erwartete wieder das Namenlose Schiff zu erblicken. Gegen

Mittag schlug der Wind um und verwandelte sich in eine

eigentümliche Stille, als das Schiff in den ehemaligen New

Yorker Hafen einbog. Es trieb gerade noch bis hinter die

Freiheitsstatue, die im Moment überhauptkeinen Sinn ergab.

Er wartete eine Stunde. Es rührte sich nichts. Dann begab er

sich in das sehr kalte Wasser, schwamm zu einer Tonne die im

Wasser Richtung Liberty Eiland trieb und verschanzte sich

dahinter. Als er das Schiff fast erreicht hatte tauchte er ab

und blieb schwimmend bis zum Kiel unter Wasser. Er tauchte

langsam und geräuschlos auf. Das Schiff hatte keinen Anker

und war auch nirgends befestigt. Kaum eine Chance vom

Wasser aus auf das Deck zu gelangen. Er musste versuchen

über Land seine vielleicht letzte Möglichkeit auszuschöpfen

von hier zu entfliehen. Gesagt, getan. Er hechtete vom Land

aus auf das Schiff zu und konnte sich gerade so eben an der Reling festhalten. Mit einem letzten Kraftaufwand katapultierte er sich auf das Deck. Das er dabei für seine Verhältnisse extrem viel Krach verursachte fiel ihm in der Situation nicht auf. Er rollte sich schnell hinter einige Frachtgüter die er auf der rechten Seite ausmachte. Geschafft! Er blieb regungslos liegen und nahm jedes noch so kleine Geräusch auf. Das leichte Plätschern der geringen Strömung, das leichte Knarren des Holzrumpfes, die krächzenden Laute einer Möwe und…, da war noch etwas. Es klang als wenn jemand Morsezeichen abschicken würde, aber im Zeitlupentempo. Die Morsezeichen verwandelten sich in ein schlürfendes Geräusch, dass er nichts zuordnen konnte. So etwas hatte er noch nie gehört. Kurz danach konnte er es zuordnen. Sam Quadlig, genannt Quaddel, war ein alter Mann um die 50 Jahre alt. Er schiffte schon seit er Denken konnte. Wie sein Vater und dessen Vater. Er hatte den Kohl gerochen und hatte sich auf einer nichtssagenden kleinen Insel vor der Küste von Maine versteckt. Er war seitdem nur bei gutem Wind unterwegs und hatte ein hervorragendes Ortungssystem auf einem seiner

Streifzüge erbeutet. Das ermöglichte ihm fast ungehindert an den Küsten der USA entlang zu fahren. Er hatte ein steifes Bein und nicht mehr die neusten Schuhe was ein seltsames nicht zu bestimmendes Klopfgeräusch verursachte. Das Schlürfen kam von seiner steifgewordenen auf den Boden hängende Fischerhose. Er stand plötzlich mit einer doppelläufigen abgesägten Schrotflinte hinter Kasch. Bei solch einer Waffe bringt bei dieser geringen Entfernung auch keine Schnelligkeit etwas. Kasch hob seine Arme ergebend und sagte kein Wort. Es kam ihm vor als wenn eine Ewigkeit verging, bevor Quaddel anfing zu sprechen. „Wer bist du und was willst du hier" fragte er mit heiserer Stimme. Kasch antwortete ihm und erzählte in kurzen Zügen seine Geschichte. Es verging wieder eine schier unendlich scheinende Zeit bevor Quaddel ihm andeutete aufzustehen und vor ihm her nach unten in die Kajüte zu gehen. Unten wurde Kasch an einen Stahlkasten gekettet, der aussah als wenn er zum einsperren von großen Tieren oder heutzutage von Menschen gemacht wäre. Quaddel setzte sich ungefähr zwei Meter entfernt auf einen Stuhl, die Flinte immer noch im Anschlag. So verging eine Stunde des Schweigens. Kasch kam es so vor, als wenn der alte Mann überlegte ob er ihm glauben sollte oder ob er ihn kurzerhand abknallen und über Bord werfen sollte. Dann brach er sein Schweigen und die beiden unterhielten sich sehr, sehr lange. Am Ende des Gespräches kettete Quaddel Kasch los und wies ihn an sich auf den anderen Stuhl, der am Tisch stand, zu setzen. Dazu gab es noch eine große Tasse heißen Kaffee. Kasch hatte schon lange keinen so aromatischen und vor allem heißen Kaffee getrunken. Ohne auffallendes Feuer halt keinen heißen Kaffee. Er fühlte sich lange nicht mehr so sicher und geborgen. Quaddel wollte nicht viel von ihm wissen, er vertraute ihm anscheinend. Also stellte er seine Fragen. Wo kam der Kapitän her, warum schiffte er immer an New York vorbei, was hatte er als nächstes vor, wie konnte sein Schiff an einer Stelle ohne Anker verweilen und vor allem, konnte er ihm weiterhelfen?

Die Antworten waren alle sehr schlüssig.

Kapitel 5

Der Kapitän

Er machte hin und wieder bei günstigem Wind seine
Abstecher an der Küste um neues zu entdecken. Auf diese
Weise bekam er auch das Ortungssystem. Er ankerte damals,
es war der 07.01.2011, genauso wie heute an der
Freiheitsstatue, als zwei Schiffe vorbeikamen. Das eine war
von Schüller, die Brasil, dass andere von Paulsen, der
Normanne. Normalerweise gab es wohl ein internes
Abkommen zwischen den „6", wann wer wo seine Patrouille
fährt und eventuelle Vogelfreie vernichtet und jede
Veränderung untersucht. An diesem Tag verfehlten beide ihre
Zeit und trafen aufeinander. Die „6" hatten zwar die Macht
und wussten, dass Sie gegeneinander nicht viel ausrichten
konnten, aber in so einem Moment wollte und musste
natürlich jeder seine Machstellung verteidigen bzw. festigen.
Was man im Allgemeinen nicht angenommen hätte, Paulsens
Schiff hatte die bessere Strategie und gewann die Schlacht.

Das Schiff von Schüller sank kurz vor der Küste. Die Überlebenden, die im Wasser trieben wurden von den übermäßig vorhandenen Zwillingsmaschinengewehren der „Normanne" hingemetzelt. Bevor die „Brazil" sank hatte Quaddel noch die Gelegenheit einen kleinen Tauchgang zu tätigen, wobei er besagtes Ortungsgerät, eine Menge Munition und einige Waffen und Nahrung bergen konnte. Daher auch der wirklich hervorragende Kaffee. Der Kapitän beantwortete alle Fragen, bis auf eine. Die Frage, wo er denn herkomme verschwieg er. Wahrscheinlich ein letzter Rest von Schutz, falls sich Kasch doch als Scherge einer der „6" herausstellen würde. Sie unterhielten sich noch bis spät in die Nacht und da sie nun zu zweit waren konnten beide abwechselnd schlafen ohne Angst haben zu müssen überrascht zu werden. Quaddel teilte die Nacht in 2 Teile, sodass jeder von ihnen mindesten fünf Stunden ausruhen und neue Kraft tanken könne. Am nächsten Morgen wollte er gegen 11hundert weiterfahren in Richtung Kuba. Die Nacht verlief ohne Vorkommnisse und beide begangen den neuen Tag mit neuer Kraft und Hoffnung, gestärkt durch den jeweils anderen.

Ein neuer Tag!

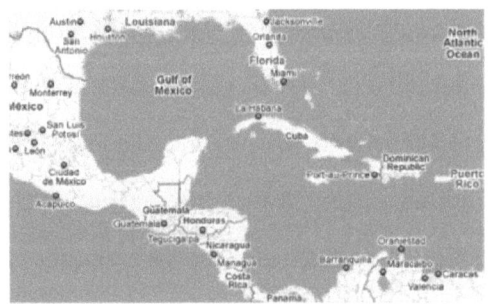

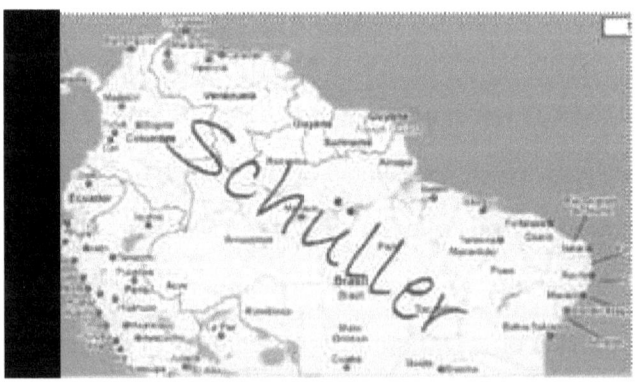

Kapitel 6

Der Weg

Sie fuhren wie abgesprochen los. Die Ankerfrage erklärte sich so, dass unter dem Rumpf ein ausgeklügeltes Schaufelradsystem jede Bewegung des Schiffes wahrnahm und je nach Richtung durch fast geräuschlosen batteriebetriebenen Antrieb das Schiff auf der Stelle hielt. Der Wind stand gut und sie machten sich auf den Weg. Es waren ungefähr 1500 Seemeilen, die sie zurücklegen mussten, aber sie hatten ja Zeit. Sie kamen an Florida vorbei, fuhren in den Golf von Mexico und erreichten die Westküste von Kuba. Sie ankerten weit ab vom Strand, damit man das Schiff von Land aus nicht ausmachen konnte. Die Strecke legten sie mit einem Schlauchboot zurück, dass sie, angekommen, im Dickicht versteckten und tarnten. Quaddel war schon öfter auf Kuba und schlug zielstrebig einen Weg ins Landesinnere ein. Auf der Seereise erzählte er, dass er die Insel immer von einem anderen Punkt aus erkundete und so schon halb Kuba durchsucht hatte. Hier war er noch nicht gewesen. Sie hielten sich im Unterholz nahe einer nicht befestigten Straße. Nach 4 Kilometer näherten sie sich einem Dorf, das hauptsächlich aus Blechhütten bestand. Durch Handzeichen begannen sie die einzelnen Hütten zu durchsuchen. Sie hatten jeder 3 bis 4 Hütten gesichtet, als sie ein Fahrgeräusch wahrnahmen. Beide gingen sofort in Deckung. Es war ein alter Armeejeep in dem sich vier Personen, zwei davon am Überrollbügel stehend und mit Handfeuerwaffen ausgerüstet, befanden. Sie fuhren langsam vorbei. Nachdem der Jeep weit genug entfernt war machten sich beide Gedanken darüber, wo die Männer wohl herkamen, als sie ein Lichtstrahl blendete. Sie warfen sich sofort hinter eine der Hütten und Kasch schaute vorsichtig um die Ecke. Er erblickte am Ende des Dorfes, das durch die Sonne geblendet wurde, die schemenhaften Umrisse eines größeren Gebäudes. Ein Blick reichte und sie machten sich auf in Richtung des Hauses, ohne ihre Deckung zu vernachlässigen. Angekommen blickten sie durch die teilweise gesprungen oder kaputten Fensterscheiben in die Innenräume. Es war nichts verdächtiges, geschweige denn etwas von Menschen zu erkennen. Sie wagten es und betraten das Objekt durch die große Eingangstür, die halb offen stand. Sie hockten an verschiedenen Wänden, bereit jeden der sich ihnen nähern würde sofort auszuschalten. Es blieb ruhig. Im Erdgeschoss war nichts zu holen, also machten sie sich versetzt auf den Weg die Treppe hinauf. Auf der Hälfte blieben sie wie angewurzelt stehen. Am oberen Absatz stand plötzlich ein dunkelhäutiger Mann. Kasch reagierte als erster und traf den Mann mit zwei Kugeln in die Stirn, wobei die Einschusslöcher nicht mal ein Zentimeter auseinander lagen. Sie wussten, die Zeit könnte knapp werden. So beeilten sie sich und fanden im oberen Stockwerk Nahrung, mehrere Granaten, Munition und drei Maschinenpistolen. Schnell verließen sie das Haus und schlugen sich wieder in die Büsche. Nach kurzer Besprechung der Lage ging der Kapitän vor und Kasch folgte ihm. Sie achteten besonders auf Motorengeräusche; der Jeep würde zurückkommen. Auf der Hälfte des Rückweges pausierten sie kurz und Kasch ging als erster in eine andere Richtung als abgemacht voraus. Quaddel verstand es nicht, folgte ihm aber vorsichtshalber. Irgendwie fühlte er sich für Kasch verantwortlich und zudem war es zu zweit sicherer. Kurz darauf kamen sie an einen Unterstand, der mit Palmenwedel abgedeckt war. Innen fanden sie noch

mehr Waffen und Nahrung. Wahrscheinlich ein Versteck der

vier Männer die hier wohl lebten. Sie verstauten alles und

wollten sich gerade auf den Rest des Weges machen als das

Motorengeräusch wieder zu hören war. Blitzschnell sprangen

sie in die Büsche. Der Jeep hielt vor dem Unterstand wohl

bemerkend, dass sich jemand daran zu schaffen gemacht hat.

Die drei Männer verließen den Wagen. Die zwei die vom

hinteren Teil des Wagens sprangen, merkten nicht wie die

Kugel in sie eindrang und sie zu Boden sanken. Der Fahrer

wollte seine Waffe ziehen, hatte aber die Rechnung ohne den

Kapitän gemacht. Kaum gezogen fiel sie ihm aus der Hand

und eine Menge Blut aus seinem Hals. Der alte Haudegen war

noch verdammt schnell! Er hatte ihm von hinten die Kehle

aufgeschlitzt. Wunderbar dachte er, brauchen wir die Sachen

nicht zu tragen. Kasch dachte mehr an den vierten Mann. Wo

war er? Sie beluden den Wagen und machten eine Zeitspanne

ab, in der Kasch vorlief und die Gegend sondierte und

Quaddel mit dem Jeep folgte. Bis zum Strand passierte nichts.

Sie verharrten eine Stunde im Unterholz bevor sie das

Boot zu Wasser ließen. Am Schiff angekommen brachten

sie die Fundsachen an Bord, vertäuten das Schlauchboot und nahmen jeder ein Fernglas zur Hand um eventuelle Angreifer auszumachen. Nichts, es war und blieb alles ruhig. Sie hatten gute Beute gemacht. Das musste gefeiert werden. Quaddel holte eine Falsche und zwei Gläser aus der Kajüte. Sie tranken und waren froh, dass alles so glimpflich abgegangen war. Es dämmerte schon und sie gingen abwechselnd schlafen. Der Morgen graute und es lag eine Nebelschicht über dem Wasser. Kasch wollte gerade den Kapitän wecken, als er eine Abdeckplane sah, die am gestrigen Abend noch anders dalag. Im Laufe seiner Ausbilderzeit in psychologischer Hinsicht hatte er sich angewöhnt sich alles genau einzuprägen. Er ging in die Hocke, seine Automatik im Anschlag und rührte sich nicht. Kurze Zeit später bewegte sich die Plane und ein kleiner Mann, eher ein Junge, bleich wie die Wolken am Himmel, kam darunter hervor. Er wollte gerade abdrücken als Quaddel an Deck kam und ihn daran hinderte. Quaddel musste unwillkürlich an seinen Sohn denken, der allein in ihrem Versteck auf ihn wartete. Kasch steckte seine Pistole ein und packte den Jungen ziemlich grob am Arm und schmiss ihn auf die Sitzbank an der Reling. Der Junge schien

Angst zu haben, er zitterte. Alle drei schwiegen und keiner

wollte oder konnte etwas sagen. Quaddel brach mal wieder

das Schweigen. „Was machst du hier, Junge? Was ist, kannst

du nicht reden?" Er stammelte „Ich, ich, ich heiße Kismo!"

Der alte Mann sprach beruhigen auf ihn ein und der Knabe

beruhigte sich allmählich. Kasch passte die Situation gar nicht.

Er hätte nicht zögern sollen, jetzt hatten sie einen Klotz am

Bein, der alles erschweren würde. Sie erfuhren, dass die

Einheimischen ihn bei einer Patrouille gefangen genommen

hatten und er seit dem als Diener immer bei ihnen sein

musste. Am gestrigen Tag hatte er die Gelegenheit zu fliehen

und nahm sie war. Am Strand entdeckte er das Schlauchboot.

Er war kein dummer Junge. Er nahm sich einen hohlen

Baumstamm und schwamm hinaus. Irgendwann sah er das

Schiff, schwamm hin und versteckte sich unter der Plane. Vor

Erschöpfung schlief er dann ein. Quaddel erklärte Kismo die

Regeln, die an Bord galten und schickte ihn unter Deck, damit

er etwas essen und trinken könne. Kasch sprach noch mit

dem Kapitän und teilte ihm seine Meinung, den Jungen

betreffend, mit. Danach legte er sich schlafen. Der Skipper
schiffte um die Dominikanische Republik in Richtung Osten
um wieder seinen Heimathafen an der Küste von Maine zu
erreichen. Sie kamen auch wieder an New York vorbei, wo sie
rasteten. Dann ging es weiter. 2 Wochen später waren sie da.

Es war später Nachmittag.

Kapitel 7

Das Versteck

Der Weg ging über eine Art Flussdelta in einen relativ schmalen Strom. Nach zwanzig Minuten mussten sie die Motoren abstellen und die Schrauben einziehen. Den Rest mussten sie sich mit Staken den Fluss weiter entlang arbeiten. Eine halbe Stunde später konnte man im Dickicht eine Art Baumhaus erahnen. Zwischen dem Geäst lugte ein großgewachsener Körper hervor, der den dreien zuwinkte. Es war Quaddels Sohn Mikel. Sie glitten direkt auf die Böschung zu und Kasch wollte gerade etwas sagen, als sich die Sträucher wie von Geisterhand öffneten und sie unter dem Baum, durch das Gestrüpp gut geschützt, verschwanden. Der alte Mann war sehr, sehr vorsichtig und hatte einen Mechanismus entworfen, den ein einziger Mann bedienen konnte und der das Versteck hütete. Quaddel stellte Mikel seine Begleiter kurz vor und berichtete dann von den Ereignissen der letzten Wochen. Sein Sohn hörte aufmerksam zu. Er war ungefähr 16, 17 Jahre alt, 185 cm groß und sehr kräftig und trainiert. Er war braun gebrannt und hatte sehr schmale Augenpartien, die den Anschein erweckten, er würde jedem Misstrauen. Gegen Mitternacht legten sich die Jungs, die sich gut zu verstehen schienen, zum schlafen in den hinteren Teil der Baumhütte. Kasch sprach mit Quaddel über die weiteren Schritte. Er wollte nach Europa, dem letzten Fleck Erde, der noch nicht von den „6" besetzt war. Von dort aus wollte er Menschen, die bereit waren zu kämpfen rekrutieren, sie ausbilden und dann versuchen, vorerst, eine der Festungen zu erobern und den „6" die Macht zu entreißen, damit wieder ein normales Leben entstehen kann. Quaddel war nicht sehr erbaut von diesem Vorschlag und lehnte ab. Er war zufrieden mit dem was er und sein Sohn hatten und wollte sich nicht der Gefahr aussetzen in einen Krieg zu geraten, von dem er sich nicht den gewünschten Erfolg versprach. Kasch sollte vielmehr bei ihm bleiben, damit sie die Erkundungstouren erweitern könnten und sich dadurch noch mehr Annehmlichkeiten anschaffen könnten. Das Gespräch war eine Sackgasse und sie gingen beide schlafen. Die Hütte war sehr gut ausgestattet. Sie hatte vier große Räume, von dem einer als Beobachtungs- und

Kommunikationsraum eingerichtet war. Er hatte einen Kurzwellenempfänger, einen gefüllten Waffenschrank und sogar eine kleine 8 mm Kanone, die auf einem schwenkbarem Gestell befestigt war, und von dem man den kompletten Bereich des Flusses nach Norden und Süden bis zu den jeweiligen Krümmungen verteidigen konnte. Zusätzlich war noch ein mehrläufiges MG an dem Geländer angebracht. Es gab zwei Schlafräume und einen riesigen Aufenthaltsraum. Es gab sogar Strom, der bei Bedarf von einem auf Land befindlichen Flusses mittels eines Schaufelrades erzeugt wurde. Die Insel verfügte sogar über einige essbare Tierarten und einem kleine Fischteich, indem Quaddel schon vor der Übernahme Forellen züchtete. So war es wirklich das wahrscheinlich letzte friedliche Eiland, auf dem man die nächsten Jahre in Ruhe überleben konnte. Der Tag graute und sie trafen sich im Hauptraum um zu frühstücken. Nach dem Essen wollte Quaddel Kasch die Insel zeigen. Sie brachen auf.

Währenddessen erklärte Mikel Kismo die Verteidigungsanlagen und die Fluchtmöglichkeiten bei einem, sicher, nicht anzunehmenden Angriff, aber man musste heutzutage auf alles gefasst sein. Quaddel und Kasch gingen

Richtung Osten in Landesinnere. Als erstes erreichten sie einen kleinen Wasserfall an dem das Schaufelrad zur Stromerzeugung angebracht war. Dann kamen sie zu dem Teich, der in etwa die Größe eines Fußballfeldes hatte und von dem man sich genügsam ernähren konnte.

Zwischendurch sahen sie immer wieder mal einen Fasan und kleine Erdschweine, die die Nahrungsabwechslung sicherten. Auch gab es wunderlicher Weise einige genießbare Obstsorten. Wie konnte das möglich sein? Die Verschmutzung hatte in allen anderen Bereichen der Erde so verheerend gewütet, dass kaum etwas über der Erde gedeihen ließ. Am östlichen Ende der Insel zeigte Quaddel ihm einen unterirdischen Gang, der bis zum Strand führte und in einer Art Schießscharte endete. Von hier aus könnte man im Notfall auch ein bis zwei Schiffe mit der dort aufgebauten Flak abwehren. Kasch ersparte sich die Frage, wo sich Quaddel diese Waffen beschafft hatte. Sie begaben sich in Richtung Norden wo sie an einem ähnlich gut getarnten Anlegeplatz ankamen. Dort war ein Boot festgemacht, dass mit dem nötigsten ausgestattet war und von den Quadligs jeden Monat neu mit Nahrungsmitteln bestückt wurde. Zur

damaligen Zeit hätte man das wohl als Paranoia bezeichnet,

heute hingegen war es sinnvoll und nötig. Auf dem

Rückmarsch durchquerten sie die Insel von Norden nach

Süden. In der Mitte der Insel war noch ein Eingang zu einem

Tunnelsystem, in dem man sich bis zu zwei Monaten

verschanzen könnte. Im Süden der Insel gab es noch einen

Anlegeplatz. Abgesehen von den Verteidigungsanlagen würde

man hier auf jeden Fall überleben können ohne die

Aufmerksamkeit der „6" zu erregen. Da die Insel nicht so klein

war, wie sie von außen schien, waren sie erst gegen Abend

wieder zurück. Kasch war begeistert von dieser Art der

Verteidigung. Es hätten nur noch Minenfelder und

Selbstschussanlagen gefehlt. Er nahm sich vor seine Idee

vorerst nicht mehr anzusprechen. Die Zeit verging. Er übte

mit den Jungs die Selbstverteidigung und brachte ihnen fast

alles bei, was er konnte. Nach einiger Zeit vertraute ihm

Quaddel die Inspektion der Anlagen der Insel an, damit er

mehr Zeit mit seinem eigenen und dem dazugewonnenen

Sohn verbringen konnte. Inzwischen schrieben sie den 13 ten.

April 2012, einen Freitag.

Kapitel 8

Die Fremde

Auf einem seiner Inspizierungen entdeckte er an der Ostküste ein kleines Boot. Nicht größer als ein Fischkutter. Er beobachtete es mit einem Feldstecher, der selbstverständlich auch zu dem Equipment eines jeden angelegten Standortes gehörte, wie ein Funkgerät, damit man im Notfall immer in Verbindung bleiben konnte. Er wollte seine Entdeckung gerade Quaddel mitteilen, als sich auf dem Boot etwas bewegte. Er entdeckte zwei bewaffnete Männer in Tarnanzügen und eine Frau die anscheinend schwimmen gehen wollte, denn sie war nur leicht bekleidet. Er wartete ab. Die Frau schwamm auf die Küste zu, was ihn nicht verwunderte, denn sie machten es ja genauso wenn sie an Land etwas Verwertbares zu entdecken glaubten. Wie sollte er sich verhalten? Er konnte sie schlecht schon im Wasser erledigen, da die anderen dann eine Nachricht abgeben konnten und ihr Versteck nicht mehr sicher gewesen wäre. Sollte er das Boot mit der Flak versenken? Es könnte sich nützliches an Bord befinden; zudem wusste er nicht ob noch

andere Boote in der Nähe ankerten. Da es schon dämmerte

wartete er bis die Frau den Strand erreicht hatte und blieb

ruhig. Sie blickte sich forschend um, bedachte dabei genauer

den Strand, wahrscheinlich um eventuelle Fußspuren zu

sichten, und das angrenzende Unterholz. Wäre die Insel

bewohnt hätte sie abgebrochene Äste oder geschlagene

Wege entdeckt. Dank Quaddels übertriebener Vorsicht fand

sie nichts von beiden. Sie gab den auf dem Boot befindlichen

Männer mittels Handgebärden ein Zeichen und die beiden

machten sich mit einem Schlauchboot, dass sie mit Rudern

bewegten auf den Weg zu ihr. Kasch tat es fast leid, dass die

drei ihre Insel betraten, denn die Frau erschien ihm sehr

hübsch zu sein. Unter anderen Umständen hätte er sie gerne

näher kennengelernt. Die zwei Männer erreichten das Ufer,

zogen das Boot ins Dickicht, tarnten es und nachdem die Frau

ihre Tarnkleidung angelegt hatte, wollten sie sich gerade auf

den Weg ins Innere der Insel begeben, als sie drei dumpfe

Geräusche hörten. Das war das letzte was sie hörten. Kasch

verließ den halb unterirdisch gelegenen Schießstand und

begab sich zu den leblosen Körpern. Angekommen zerrte er

zuerst die zwei Männer ins Unterholz und danach die Frau.

Verdammt, sie war wirklich hübsch gewesen. Er begann ein

großes Loch zu graben, als seine Aufmerksamkeit durch

seinen ausgeprägten peripheren Blick etwas aufnahm. Er

drehte sich blitzschnell, dabei in die Hocke gehend und seine

Automatik in Anschlag bringend, um. Die Frau war nicht tot,

sie versuchte sich ins, für sie scheinbar sichere Gebüsch, zu

schleppen. Er ging langsam auf sie zu und stand nun

breitbeinig über ihr. Er legte an, als er die Stimme von

Quaddel hörte." Lass es, wir wollen erst genaueres von ihr

Erfahren." Schon das zweite mal. Wenn das so weiter ging,

würden sie noch eine eigene Zivilisation bilden können.

Quaddel überprüfte ihren Zustand. Ihre Verletzung war nicht

sehr schlimm. Eine Metalldose in ihrer Brusttasche lenkte die

Kugel ab, sie verfehlte das Herz und schlug rechts seitlich in

den Brustkasten ein und am Rücken wieder aus. Sie legten die

Frau auf eine Trage, die im Unterstand lag und brachten sie

ins Haupthaus. Angekommen verarzteten Quaddel und sein

Sohn, der sehr geschickt zu sein schien, die Frau. Mikel gab ihr

zudem ein Beruhigungsmittel. Quaddel wies Kasch an ihm zu

folgen. Sie gingen einige Meter um ungestört reden zu

können. Er war sehr erbost." Warum musst du immer gleich töten?" Ich erklärte ihm, dass es heutzutage besser sei erst zu schießen. Man konnte sich auf niemanden verlassen! „Hätte ich bei dir auch so handeln sollen?" Das Gespräch war beendet und sie machten sich auf den Weg das Boot der anderen zu inspizieren und es an geeigneter Stelle unterzubringen und zu tarnen. Sie fanden Waffen, Nahrung und einige Karten von den Küsten Englands, Frankreich und Kanada. Es waren sogar die Minen verzeichnet. Sie mussten die Minenboote monatelang beobachtet haben, denn es waren Aufzeichnungen die auch das versetzen der Minen beinhaltete. Kasch vermied es, seine Idee von der Reise nach Europa anzusprechen, da er Quaddel nicht noch mehr in Rage versetzen wollte. Es vergingen 2 Tage bis die Frau sich regte und die ersten Worte stammelte. Kismo, der sich bei der Bewachung mit Mikel abwechselte, kam aufgeregt in den Hauptraum gestürmt. „Sie ist wach, sie spricht!" Sie gingen alle zu ihr. Sie war schätzungsweise Mitte 30, hatte kurze blonde Haare und schien bis auf die Schussverletzung sehr fit zu sein. Quaddel setzte sich an ihr Bett und sprach beruhigend auf sie ein. Ihr Name war Karen. Sie fühlte sich wohl und erzählte ihre Geschichte. Sie waren aus der Festung in Kanada geflüchtet, daher auch die Minenpläne. Sie konnten es nicht mehr ertragen, dass ganze Unrecht, die Erniedrigungen und die Versklavung der Menschen. Quaddel warf Kasch einen abwertenden Blick zu. Er hätte warten sollen. Sie waren seit circa 3 Monaten unterwegs gewesen. Die Insel hatten sie durch Zufall entdeckt und wollten sie lediglich untersuchen, da sie der Meinung waren, dass ihr Wasservorrat für ihre Reise zu knapp geworden wäre. Was dann passierte wussten wir ja. Kasch glaubte ihr kein Wort. Karen erholte sich recht schnell. Trotz der Tatsache, dass Kasch sie töten wollte hegte sie keinen Groll gegen ihn. Ihre Begleiter hatten einige Mal zuvor genauso gehandelt und sie akzeptierte diese Art des Vorgehens. Bald hatten sie ein freundschaftliches Verhältnis, was Kasch auch beabsichtigte, und sie erzählte von Europa, dem einzigen noch relativ sicheren Zufluchtsort in der heutigen Zeit. Sie hatten aus der Festung in Kanada einige Funksprüche aufgefangen, wonach sich im Süden des ehemaligen Deutschlands eine Gruppe von Untergrundkämpfern aufhalten musste, die einen guten Ruf genossen, unter denen, die nicht zu den „6" gehörten. Bevor

sie die Festung verließen, manipulierten sie den Sender so,
dass diese Frequenzen nicht mehr abgehört werden konnten.
Da Karen so ziemlich die einzige war, die sich wirklich mit
Funktechnik auskannte, war es ein Einfaches, dieses zu
bewerkstelligen. Kasch erzählte ihr, dass er den gleichen Plan
hatte, aber Quaddel nicht überreden konnte diese Reise
anzutreten. Jetzt hatten sie ein eigenes Boot und könnten
ihren Plan zu zweit umsetzen. Karen wollte sich dazu nicht
gleich äußern und bat um etwas Bedenkzeit. Kasch willigte
ein, was blieb ihm auch anderes übrig. Die Wochen vergingen
und Kasch dachte schon darüber nach, alleine mit dem Boot
die Küste von England anzusteuern, wohl bewusst, dass ein
Ortungssystem wie es Quaddel besaß, eine höhere
Erfolgschance garantieren würde. Es war ein schöner
Sommertag, der 13.07.2012, ein Freitag. Im Nachhinein war
das Datum 13 irgendwie zu einer Glückszahl geworden.
Quaddel bestellte alle in den Hauptraum. Er wollte mit Karen
und Kasch wieder eine Erkundungstour starten. Nicht, dass
sie zu wenig Nahrung gehabt hätten, aber Quaddel konnte
scheinbar nicht ewig herumsitzen.

Kapitel 9

Yarmouth

Die Vorbereitungen nahmen circa zwei Wochen in Anspruch, mehr als gewöhnlich, denn sie beluden beide Schiffe mit dem Nötigen und erweiterten die Einfahrt zum Versteck direkt bei der Hütte in dem Maße, dass jetzt beide dort ankern konnten. Dann war es endlich soweit und Kasch dachte: Geduld zahlt sich eben doch aus! Das Ziel war England! Endlich kam Kasch seinem Ziel, die Küste von Europa zu erreichen näher, und wer weiß, vielleicht konnte er ja im Laufe der Fahrt Quaddel und Karen überreden, ihn bis dorthin zu begleiten.

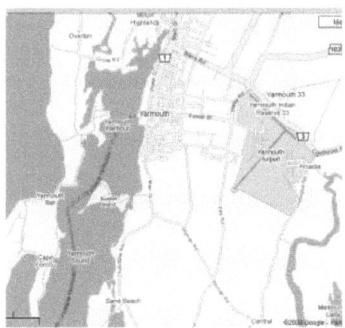

Sie würden auf dem Weg noch eine kleine Rast einlegen, da Quaddel wusste, dass Paulsens Flotte immer am südlichen Zipfel von Nova Scotia einlief und man erfahrungsgemäß immer etwas abstauben konnte. Sie würden also Yarmouth anlaufen. Sie durchquerten den Golf von Maine als das Ortungsgerät zwei Schiffe meldete. Sie hatten nicht viel Zeit und Quaddel steuerte auf Cape Forchu zu. Ein Vorposten, den er kannte und der schon vor langer Zeit stillgelegt und ausgeräumt wurde. Sie mussten zwei Tage warten ehe die Schiffe Paulsens ablegten und ihre Patrouille fortsetzten. Sie schifften weiter, an Bunker Island vorbei in den Hafen von Yarmouth. Karen sollte die Boote bewachen, was Kasch für keine gute Idee hielt. Trotz ihrem guten Verhältnis traute er ihr nicht. Quaddel war der Chef. Sie gingen die Foreststreet entlang obwohl die Mainstreet der kürzere Weg gewesen wäre, aber zur Vorsicht entschieden sie sich für einen Umweg über die Pleasentstreet. Als sie die Starrs Road erreichten, sondierten sie erstmal das Gelände. Alles ruhig. Sie bogen rechts ab zu der Mall. Auf dieser Road gab es zwei Malls. Ihr Ziel war die kleinere von beiden die nicht so riskant zu betreten war wie die Größere. Sie fanden Klamotten,

Werkzeug und Nahrungsmittel in Dosen, die immer noch haltbar waren. Nichts Brauchbares und Transportables wurde zurückgelassen. Beim Verlassen der Mall bemerkten sie einige Gestalten, die sich schnell und geduckt über die Straße bewegten. Sie gingen an den Schaufensterscheiben in Deckung und beobachteten das Spektakel. Es mussten 3 bis 4 Männer gewesen sein. Jetzt sah man sie nicht mehr. Sie wollten sich gerade auf den Weg zu einem anderen Ausgang suchen, als 2 bewaffnete Männer vor ihnen standen. Mit dem Erbeuteten bepackt, waren sie nicht in der Lage schnell genug zu reagieren um die zwei auszuschalten. Der eine machte ein Handzeichen. Kurz darauf kamen die Männer von der Straße in die Mall. Der Mann, der das Zeichen gegeben hatte fragte:" Was macht ihr hier? Das ist unser Territorium"! Quaddel erklärte ihm, dass sie nur auf der Durchreise waren und ihren Lebensmittelvorrat auffrischen wollten. Leider beschwichtigte das die Männer nicht. Sie nahmen ihnen die Sachen ab, entwaffneten, fesselten sie und führten sie zwei Straßen weiter in eine Art Fabrikgebäude. Sie wurden an zwei, in der Halle befindlichen Pfeiler gekettet. Die Männer entfernten sich ein Stück und fingen an zu tuscheln. Dann kamen sie auf

sie zu und fragten, wie sie denn hierher gekommen waren.

Quaddel antwortete ihnen, wohl darauf achtend, Karen und

ihr Schiff nicht zu erwähnen. Kasch versuchte indessen die

Handschellen zu öffnen, als er eine Gestalt hinter einem der

Fenster entdeckte. Es war Karen. Sie versuchte ihm mit

Handzeichen ihre Vorgehensweise klar zu machen. Er

verstand. Eine Handschelle hatte er öffnen können und war

nun bereit in seine weiten Stiefel zu greifen, in denen er

immer jeweils ein Messer versteckt hatte. Zwei würde er

erledigen können, zwei rechnete er Karen zu. Die anderen

beiden würden schwierig werden, aber in Anbetracht der

Lage, ein akzeptables Risiko. Er wartete auf Karens Aktion. Sie

sprang durch das Fenster, die Scheiben machten beim

zerbersten einen höllischen Lärm in der fast leeren Halle. Die

Männer drehten sich alle um als Karen wie eine Katze auf

beiden Füßen landete und ihre Pump Gun abfeuerte. Sie traf

durch die Streuung 3 von ihnen, zwei hatten ihr Schicksal

erfüllt, lagen mit einem Messer im Rücken am Boden. Den

sechsten Mann hatte Kasch von hinten angesprungen und,

wie seltsam, im Würgegriff und nicht getötet. Karen vergewisserte sich, dass die anderen tot waren, dann befreite sie Quaddel, der mit einem zustimmenden Blick auf Kasch zuging. Er durchsuchte den Mann und fand noch einen Revolver, der hinter dem Gürtel steckte. Dann wies er Kasch an den Mann loszulassen. Er erfuhr von ihrem Gefangenen, dass Paulsen seine Männer und alle Waffen in den letzten Wochen Stück für Stück hatte abtransportieren lassen. Seit einer Woche hatten sie, abgesehen von den zwei Schiffen im Hafen, keine Aktivitäten festgestellt und sich hier auf diesem Fabrikgelände eingerichtet. Nach der Befragung ketteten sie nun ihn an den Pfeiler. Karen bewachte den Mann und Quaddel und Kasch unterhielten sich. Was sollten sie mit dem Gefangenen machen. Kasch hatte da schnell eine Idee und wies Quaddel darauf hin, dass der Typ auch eine Nachhut sein könnte, dass er irgendwo in diesem rieseigen Komplex eine Funkanlage haben könne usw.! Trotz seiner Bedenken lehnte Quaddel ab. Er wollte nicht noch mehr Menschen töten. Was hatte das alles zu bedeuten? Kasch ersann einen Plan, den Mann durch einen Mechanismus ungefähr zwei Tage gefesselt zu lassen und ihn dann automatisch frei zulassen.

Dadurch hatten sie genug Vorsprung. Irgendetwas war

passiert. Warum zog Paulsen seine Männer hier ab? Warum

waren überhaupt 2 Schiffe auf Patrouille? Viele Fragen, kaum

Antworten. Sie setzten ihre Reise fort.

Kapitel 10

Irland

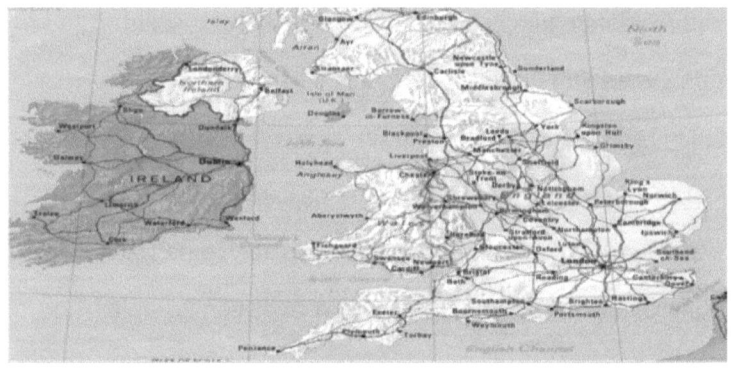

Quaddel wollte zuerst Gallway in Irland anlaufen. Von dort

aus konnten sie je nach Gefahrenlage entscheiden ob sie

Richtung Süden Cardiff anlaufen würden oder Richtung

Norden vorbei an der Isle of Man in Blackpool oder Liverpool einlaufen sollten. Es war ein langer aufregender Trip. Die See spielte verrückt und sie dachten an einigen Tagen das ihr Leben zu Ende wäre. Gemeinsam schafften sie aber die Überfahrt und sollten in zwei Tagen Gallway erreichen. Es wehte eine gute Brise und Quaddel wollte das Segel, dass er zur Vorsicht dabei hatte und für das er eine ausgeklügelte Vorrichtung gebaut hatte, ausprobieren. Das Ortungssystem zeigte nichts an, also keine Gefahr entdeckt zu werden. Das Segel war in nur 15 Minuten angebracht und ausgezogen. Der Wind tat sein Bestes und wir konnten jede Menge an Treibstoff sparen. Sie saßen zu Zweit am Heck des Schiffes, immer Karen auf ihrem Boot im Blick behaltend, genossen die Ruhe und das Rauschen des Windes im Segel. Kasch hätte es fast vergessen, da die Geschichte in Yarmouth ja gut gelaufen war. Dann rief er Karen über Funk: „Was hast du dir eigentlich dabei gedacht, als du die Schiffe ohne Aufsicht gelassen und uns, zugegeben, zwar gerettet, aber doch viel aufs Spiel gesetzt hast?" Karenreagierte nicht sehr verständnisvoll und lachte nur. Quaddel, durch die Frage ein wenig irritiert, sagte zu Karen, dass sie antworten sollte. Sie hatte die Gegend um

den Hafen inspiziert und sei sich sicher gewesen, dass, wer
auch immer diese Gegend unter seiner Aufsicht gehabt hatte,
diese verlassen hatte. Außerdem kam ihr die Zeit, die die
Beiden weg waren, ziemlich lange vor. Die Antwort war zwar
nicht befriedigend, aber sie waren schließlich am Leben. Das
Thema wurde nicht mehr angesprochen. Sie erreichten
Gallway in den Abendstunden. Auch hier schlug das
Ortungssystem nicht an und der Hafen schien genauso
geräumt worden zu sein, wie der in Yarmouth. Sie
untersuchten die Gegend. Diesmal genauer als in Yarmouth.
Zusätzlich schickten sie Karen mit einem
Scharfschützengewehr zur Absicherung auf einen der
Ladetürme. In der ehemaligen Hafenkommandozentrale
angekommen, unterhielten sich die beiden über ihr weiteres
Vorgehen. Sie waren sich einig, Karen nicht alleine zu lassen.
Kasch sollte nach Shannon zum Flughafen fahren, Quaddel
und Karen wollten Gallway systematisch durchsuchen. Sobald
würden sie eine so lange Reise nicht mehr unternehmen.
 Dazu mussten sie erstmal ein Fahrzeug finden. Karen sollte
im östlichen Hafen, Kasch im westlichen und Quaddel im
nördlichen nach einem Fortbewegungsmittel suchen. Um

2400 sollten sie sich spätestens wieder am Ausgangsort

treffen. Als erster kam Kasch mit einem alten Armeejeep an.

Es war 2300, also hatte er noch genügend Zeit sich zu

entspannen. Er ging vorsichtshalber noch mal zum Schiff.

Dann wartete er. Zur abgemachten Zeit waren die Beiden

anderen auch wieder da. Sie hatten zwar kein Fahrzeug, was

ja auch nicht mehr nötig war, aber sie kamen beide mit

jeweils einem gefüllten Benzinkanister. Sie begaben sich

wieder an Bord, teilten die Wachen ein und wollten am

nächsten Morgen alles Weitere besprechen.

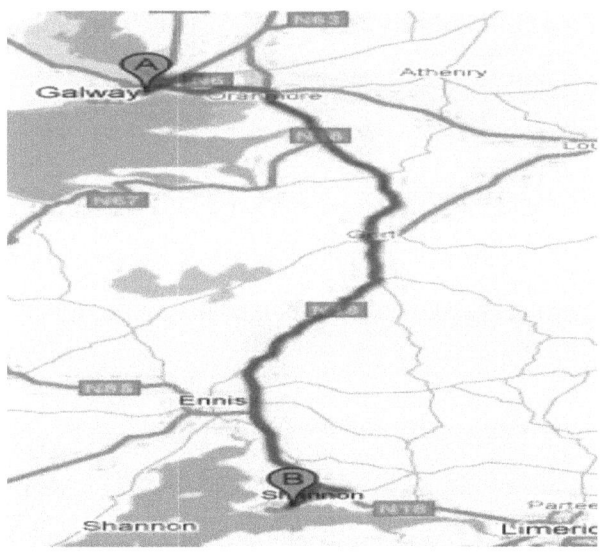

Der Morgen graute. Die Strecke zum Airport würde, wenn alles gut ging, etwa ein bis zwei Stunden in Anspruch nehmen. Sie hatten einen Tag eingeplant. Kasch sollte am nächsten Morgen wieder zurück sein. Sollte er bis Mittag nicht vor Ort sein, würden Quaddel und Karen ablegen. Die Funkgeräte wollten sie nicht benutzten, da sie nicht wussten, wann sie die nächste Gelegenheit zum Aufladen der Akkus hatten. Gegen 1100 fuhr Kasch los. Er hatte ein wenig Proviant und genügend Waffen mit. Der Sprit sollte auch reichen, falls die N18 durchgehend befahrbar war. Bis Gort verlief alles ruhig. Am Ortsausgang von Gort befand sich ein Flusslauf, der leider nicht mehr mit einer Brücke bestückt war. Kasch parkte den Jeep in einer Nebenstraße und begann die Tiefe des Flusses auszuloten. Er war verdammt kalt, aber er musste ein Furt finden, um nicht zu viel Zeit zu verlieren. Er war schon zwei Kilometer Richtung Westen gegangen und hatte immer noch keinen Erfolg. Er nahm sich vor, noch die letzte Biegung zu untersuchen und dann in der anderen Richtung nach einer Durchfahrt zu suchen. Als er das Ende des Flussbogens erreichte fiel ihm eine Einbuchtung am Ufer auf, die mit Sträucher irgendwie verdeckt wurde. Vorsicht war geboten.

Das war kein normal wachsender Strauch. Er ging in Deckung, robbte vom Ufer weg um den Strauch von hinten zu erreichen. Es blieb alles ruhig. Hinter den Sträuchern war eine Art Ponton versteckt. Ein Drahtseil war daran befestigt und verschwand im Wasser. Er zog es heraus und stellte fest, dass es mit dem anderen Ufer verbunden war. Also waren hier auch Menschen. Er musste den Wagen mitnehmen, soviel stand fest. Er entschied sich die schmale Stelle nach der Biegung mit dem Ponton zu überqueren und auf der anderen Seite nach Brauchbarem oder Ideen zu suchen. Am anderen Ufer angekommen verhielt er sich erstmal ruhig. Er ging in Richtung eines kleinen Waldes, mehr geduckt als aufrecht. Am Wald angekommen nahm er die Umrisse einer Hütte wahr. Er wollte sich gerade auf den Weg machen, als er Stimmen hörte. Zwei Männer mit Rucksäcken. Er überlegte schon wie er sie beseitigen sollte, als er an die Worte des Kapitäns dachte. Er entschied sich sie nicht zu liquidieren. Sie gingen vorbei zur Hütte ohne ihn zu bemerken. Er ging am gleichen Ufer zurück zum Jeep und war so klug wie zuvor. Er sah die Stelle von der er gestartet war. Was nun?

Kapitel 11

Die Gruppe

Plötzlich war er nicht mehr allein. Die zwei Männer hatten ihn
wohl doch bemerkt. Sie standen hinter ihm und hatten ihre
Waffen im Anschlag. „Wer bist du?" Er antwortete und
erzählte kurz warum er dort war. Die Männer schauten sich
an und baten ihm ihre Hilfe an. Danke Quaddel, dachte er.
Normalerweise hätten die Beiden den Abend nicht mehr
erlebt. Der Alte hatte Recht, Zurückhaltung kann sich auch
auszahlen. Sie gingen zurück zu dem Ponton und er erfuhr,
dass Schüller, der den Hafen von Shannon kontrollierte, seine
Schiffe abgezogen hatte. Sie waren seither immer mal wieder
dort gewesen und hatten alles was zu gebrauchen war
abtransportiert. Es war eine kleine Gruppe von circa 25
Leuten. 10 Männer und der Rest Frauen und Kinder. Am
Ponton angekommen enttarnten sie ein zweites Ponton, mit
dem sie auf die andere Seite schifften. Wo waren die ganzen
Sachen, die sie vom Flughafen besorgt hatten? Kasch wollte

nicht ihr Misstrauen erregen und schwieg. Angekommen wiesen die Beiden ihn an den Jeep zu holen. Sie würden in der Zwischenzeit die beiden Pontons miteinander verbinden, so dass man problemlos einen Wagen darauf befördern könne. Kasch fuhr den Jeep vorsichtig auf das Ponton und sie erreichten das andere Ufer. Von dort aus fuhren sie zu dritt ungefähr 3 Kilometer Richtung Norden. Genau seine Route. Vor einem kleinen Waldstück hielten sie. Kasch wurden die Augen verbunden. So ganz schienen sie ihm doch nicht zu vertrauen. Nach 20 Minuten, einer holprigen und hoch und runter führenden Fahrt, waren sie angekommen. Es war dunkel und roch etwas modrig. Kasch nahm an, dass sie in einer Art Höhle in der Nähe eines Wasservorkommens seien. Er wurde von den anderen Mitgliedern argwöhnisch betrachte. Dann sprach der eine Mann, der wohl der Anführer zu sein schien. „Was brauchst du? Weswegen wolltest du den Flughafen erreichen?" Kasch erzählte ihnen von seinem Plan nach Europa zu gelangen und am Airport nach Plänen und Sonstigem zu suchen. Er verschwieg, so wie er es auch Quaddel verschwieg, dass er von einem unterirdischen Raum wusste, die der damalige Untergrund angelegt hatte und in dem er sich einiges Equipment erhoffte. Sie baten ihm einige Sachen zum Tausch an. Nur was sollte er tauschen? Er besaß nur den Jeep. Genau den wollten sie auch. Sie würden ihm auch die Fahrt zum Flughafen erlauben, natürlich in Begleitung. Nach seiner Rückkehr würden sie ihn nach Gallway begleiten und dann mit dem Jeep zu ihrem Versteck zurückkehren. Kasch bat um etwas Bedenkzeit, da er diese Entscheidung normalerweise nicht alleine treffen durfte. „Alleine?" fragte der Chef. Das war nicht gut, jetzt wussten sie, dass er nicht alleine war. Während er das ihm angebotene Essen verspeiste, wog er das Pro und Contra ab. Pro, er brauchte den Airport nicht durchsuchen, was Zeit sparen würde, die er bis jetzt schon verloren hatte. Contra, sie würden ihn begleiten und er wusste nicht wie Quaddel reagieren würde und was die Gruppe sich eventuell noch davon versprach. Plötzlich sah er einen Plan vor sich. Er würde, um die Reaktion zu beobachten, den Vorschlag erstmal ablehnen. Je nach dem würde er dann alleine weiterreisen, obwohl der Rückweg auch nur über die Gruppe zurückführen würde, oder er würde Quaddel vom Airport aus kontaktieren und seine Meinung dazu hören. Dann würden sie sich der Begleitern entledigen oder sie ziehen lassen. Gesagt getan. Der Anführer blieb ruhig und freundlich, gab ihm aber zu verstehen, dass er den Vorschlag nur höflicher Weise gemacht hatte, dass es aber keine Verhandlung über den Besitzwechsel den Jeep betreffend gäbe. Genau das, was Kasch sich gedacht hatte. Also Plan zwei, er ging auf ihren "Vorschlag" ein und sie fuhren in den Nachmittagstunden los. Bis zum freien Feld musste er wieder eine Augenbinde tragen. Nach einer guten dreiviertel Stunde kamen sie am Airport an. Jetzt musste er die zwei Begleiter loswerden. Er bat die zwei darum die Zufahrtsstraße abzusichern. Die beiden schauten sich an und hielten das auch für eine gute Idee. Kasch stellte den Jeep hinter einem nah dem Hauptgebäude befindlichen Schuppen ab, zog den Schlüssel ab und machte sich auf den Weg zu dem Raum der Untergrundbewegung. Kurz danach war er dort. Er durchsucht die Schränke und fand einige Papiere die ihm wichtig erschienen. Dann machte er sich daran, dass auf dem Tisch stehenden Funkgerät in Gang zu bringen. Er erreichte Quaddel ziemlich schnell und schilderte die Problematik der Situation. Quaddel reagiert wie er es angenommen hatte. Er sollte beim tauschen so viel wie möglich herausschlagen und sich kurz vor Gallway wieder melden. Der Kapitän und Karen würden sie dann entsprechend erwarten. Zum Abschluss sagte er: „Lass sie leben!" Kasch fand noch einige Lagepläne der damaligen unterirdischen Zentralen in Europa und begab sich dann zurück zum Jeep. Die Beiden Männer warteten schon ungeduldig und sie fuhren los. Im Lager angekommen begann das feilschen. Er verlangte erstmal Gegenstände, die sie wahrscheinlich nicht besorgen konnten, damit er sich dann mit kleinerem zufrieden geben konnte und sie damit als Gewinner schienen. Der Handel war schnell perfekt. Sie wollten ihn tatsächlich zurückbringen. Er hatte damit gerechnet dass sie ihn kurzer Hand umbringen würden. Es gab also doch noch anständige Menschen. Gegen Abend fuhren sie trotz seiner Bedenken das die Dunkelheit nicht ihr Freund sei, los. Es ging relativ schnell voran. Ab und zu kam es ihm vor, als wenn sie verfolgt wurden. Ein leichtes Aufblitzen im

Rückspiegel machte ihn misstrauisch. Er ließ sich

nichts anmerken. Er wusste, dass Karen und Quaddel schon

den richtigen Empfang vorbereiten würden. Kurz vor Gallway

täuschte er eine Übelkeit vor um den Wagen verlassen zu

können und seine Kameraden benachrichtigen zu können.

Der Kapitän meldete sich sofort und gab Kasch Instruktionen

für die Anfahrt. Zurück im Jeep erzählte er den Beiden, dass

sie vor seiner Abfahrt Probleme mit einigen kleinen Gruppen

hatten und dass es vorteilhaft wäre einen kleinen Umweg

zum Hafen zu nehmen. Er hatte nicht mit der Ortskenntnis

der Beiden gerechnet. Den von ihm vorgeschlagenen Weg

nahmen sie nicht. Er hoffte, dass Quaddel dies mit

einberechnet hatte. Ungefähr zwei Straßen vor der Einfahrt

zum Hafen kamen sie nicht weiter. Eine massive

Straßensperre blockierte die Weiterfahrt. Guter alter Kapitän.

Am Eingang zum Hafen angekommen hielten sie an. „Steig

aus" sagte der Eine. Es war eine seltsame Situation. Im

Augenwinkel nahm Kasch vier Gestalten wahr. Dass mussten

ihre Verfolger gewesen sein. Er sah, wie sie an verschiedenen

Punkten in Stellung gingen. Kasch fragte auf was sie warten

würden. Keine Antwort. Er verstand. Er griff sich einen
Gegenstand, der auf der Straße lag und warf ihn mit voller
Wucht gegen das nahegelegene Gebäude. Die zwei wurden
durch den plötzlichen Lärm abgelenkt, dass gab ihm die
Möglichkeit schnell hinter den Jeep zu hechten und sich
erstmal aus der Gefahrenzone zu bringen. Dann ging alles
sehr schnell. Seine beiden Begleiter sanken schnell zu Boden.
Er rollte unter dem Jeep durch, griff sich eine MP und brachte
sich hinter einem Rad in Feuerposition in Richtung der
Verfolger. Es rührte sich nichts. Fünf Minuten später hörte er
eine ihm bekannte Stimme. Karen stand nicht weit von ihm
entfernt hinter ihm und begrüßte ihn mit den Worten" Na,
kannst du denn nichts allein?" „Geh in Deckung" sagte er.
Aber das brauchte sie nicht. Aus Richtung der vermeintlichen
Verfolger kam eine Gestalt auf sie zu. Es war der Kapitän. Er
hatte die vier Verfolger, einen nach dem anderen,
ausgeschaltet. Die zwei am Fahrzeug gingen auf Karen`s
Konto. Sie hatte sie mit zwei schnellen stillen Schüssen aus
dem Scharfschützengewehr ausgeschaltet. Sie nahmen alles
was sie brauchten und machten sich auf den Weg zu ihren
Schiffen um ihren Weg fortzusetzen.

Kapitel 12

Die Patrouille

Nachdem sie alles verstaut hatten, besprachen sie ihren Weg.
Sie mussten den Hafen schnell verlassen, da die Leute, die sie
erledigen mussten, wahrscheinlich schon vermisst wurden.
Die Route wurde abgestimmt. Cardiff gewann! Da sie vom
Süden her eventuell ankommende Schiffe eher erkennen
konnten und Cardiff, nach Karens Aussage, nicht mehr so oft
kontrolliert wurde, was sie aus den aufgefangenen
Funksprüchen und den Schiffsrouten der Flotte von Paulsen
wusste.

Ungefähr zur gleichen Zeit mussten die zwei Patrouillenschiffe
in Shannon anlegen. Das seltsame dabei war, dass es die
Schiffe zweier Despoten waren. Zum einen von Paulsen und
zum anderen von Greenburg! Irgendwie mussten sie sich
verständigt haben und zu dem Schluss gekommen sein, dass
es besser wäre, in dieser Situation zusammen zu arbeiten.

Später stellte sich heraus, dass der Mann, den Kasch bei seiner Flucht hatte liegen gelassen, noch lebend gefunden wurde und Greenburg nun wusste, dass Kasch überlebte und welche Richtung er eingeschlagen hatte. Anscheinend hielt Greenburg Kasch für eine Bedrohung der größeren Art, denn sonst hätte er sich niemals mit Paulsen in Verbindung gesetzt. Sie verfolgten den ungefähren Weg, den Kasch bestritten hatte und fanden nach und nach heraus, dass er den Weg über New York in Richtung Groß Britannien eingeschlagen hatte. Paulsens Schiffe hatten auch das Schiff von Quaddel hin und wieder entdeckt. Es stellte aber keine Bedrohung dar und wurde somit verschont. Da das Schiff schon seit Monaten nicht mehr aufgetaucht war, zählten sie eins und eins zusammen und machten sich ihren Reim daraus. Nach der Landung der Mannschaften in Shannon, war es nur eine Frage der Zeit, bis sie die kleine Gruppe finden würden und sich die erhofften Informationen von ihnen beschaffen würden. Nachdem sie den Flughafen durchsucht und festgestellt hatten, dass einige wichtige Papiere aus dem Unterschlupf fehlten, machten sie sich auf den Weg die

Umgebung weitgehend zu untersuchen. Dabei stießen sie auf

die zwei Pontons. Als sie das Versteck der Gruppe entdeckten

waren die schon nicht mehr vor Ort. Die Suche dauerte länger

als erwartet, was sie aber nicht daran hinderte weiter zu

suchen. Greenburg hatte seinem Vertrauten, den sie Osman

nannten, die Aufgabe unverständlich klargemacht. Osman

war ein etwa 220 cm großer maximalpigmentierter Mann, wie

es heutzutage heißt, der schon seit langem unter Greenburgs

Kommando diente. Er war Mitte 30, hatte eine wunderschöne

Frau und zwei Kinder. Greenburgs Anweisungen waren

folgende: Kasch mit allen Mitteln und unter jeglichen

Umständen finden und lebend zurückbringen. Ansonsten

würden andere darunter leiden; hieß, seine Familie war in

Gefahr, wenn er seinen Auftrag nicht zu Ende brachte.

Paulsens Anweisungen waren etwas anderer Art: Kasch

finden, Greenburgs Männer ausschalten und alle Schritte die

Kasch unternahm weiter beobachten oder sich am besten in

 das Umfeld integrieren, um so die eventuell vorhandenen

gegnerischen Untergrundkämpfer infiltrieren zu können. Der

Mann von Paulsen war ein durchtrainierte großgewachsener

weißer, mit Namen Kurt, der bei den Kämpfen, die Paulsen
zur Belustigung seiner Männer veranstaltete, immer
gewonnen hatte. Die Kämpfe hatten für Paulsen natürlich
auch den Hintergrund immer den besten Mann an seiner
Seite zu haben. Kurt war ein ruhiger, bis auf das Kämpfen,
zurückhaltender Mann, der es verstand, seine Schläue für sich
zu behalten. Er wusste, dass Männer mit zu viel Verstand
auch schnell zu viel Leben verlieren konnte.

Nachdem die kleine Gruppe gemerkt hatte, dass ihre sechs
Kameraden wohl nicht wiederkommen würden, schickten sie
eine Trupp aus um sie zu suchen. Sie fanden sie in der Nähe
des Hafens und eilten mit der schlechten Nachricht zurück.
Danach war die Gruppe noch vorsichtiger, was ihnen zugute
kam, als die Soldaten in Shannon anlegten. Sie hatten
weiträumig an strategisch wichtigen Punkten Posten
aufgestellt um jeden Ankömmling frühzeitig zu erspähen.
Nach der Landung der Schiffmannschaften machte sie sich in
Richtung Gallway. Durch ihre Ortskenntnis glaubten sie die
Verfolger abhängen und sich ihrer Entledigen zu können.

Leider hatten sie nicht damit gerechnet, dass die Verfolger mit Fahrzeugen und extrem hochentwickeltem Equipment ausgestattet waren. Nach einer mehrstündigen Flucht erkannten sie in nicht weiter Entfernung mehrere Lichter und Fahrgeräusche. Sie schlugen sich in die naheliegenden Büsche um so eventuell die Verfolger vorbeiziehen zu lassen. Die Verfolger setzten leider auch Wärmesensoren als Ortungsgeräte ein, so dass sie in der Abenddämmerung die Flucht vereitelten und die Gruppe hinter den Büschen stellte. Der Anführer der Gruppe trat Osman gegenüber und wollte verhandeln. Osman reagierte schnell und unbarmherzig. Er erschoss den Anführer durch eine Maschinenpistolensalve und wandte sich dann dem Rest zu. „Wo ist der Mann, der hier vor einiger Zeit ankam und den Flughafen, bzw. den versteckten Raum durchsuchte?" fragte er. Die Übriggebliebenen schauten sich fragend an, worauf die nächste Salve auf einem von ihnen niederging. Der Älteste der Gruppe trat vor und sprach:" Sie waren vor ca. zwei Wochen hier, wollten tauschen und sind dann wieder abgezogen!" „Wohin, und wieso sie und nicht er", fragte

Osman! „ Er war nicht allein, dass konnte man aus seinen

Aussagen erkennen!"Niemand konnte beantworten wohin.

Osman überlegte. Westamerika, New York, Irland. Also war

Kasch tatsächlich auf dem Weg nach Europa, ganz genauso,

wie es Greenburg vorausgesehen hatte. Er hielt kurz

Absprache mit seinem Gruppenführer, wandte sich dem Rest

der Gruppe zu, verabschiedete sich freundlich und bestieg

seinen Jeep. Er wies den Fahrer an, zurück zum Schiff zu

fahren. Die Gruppe wurde in einem trockenen Flussbett

ihrem Schicksal zugeführt. Er musste sicher gehen, dass

niemand irgendjemand warnen konnte, also ließ er alle

umbringen.

Kapitel 13

Cardiff

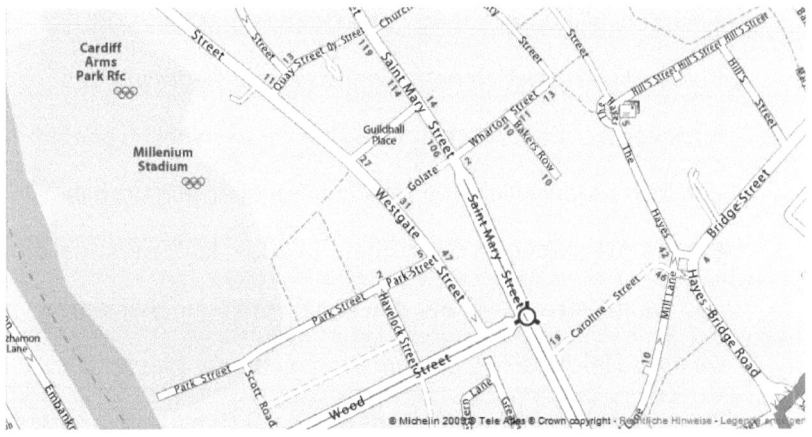

An Englands Küste angekommen beorderten sie Karen im
Westen in die Einbuchtung von der der Penarth Portway über
die Bucht führte. Sie sollte sich umgehend über Funk melden,
wenn sie etwas verdächtiges bemerkte oder wenn Schiffe in
ihre Richtung kämen. Quaddel und Kasch schifften weiter in
Richtung Cardiff. Sie ankerten in der Nähe des alten
Millennium Stadions. Sie hielten sich nah an den Hauswänden
der Park Street entlang Richtung St. Mary Street, wo Kasch

noch eine große Einkaufsmeile in Erinnerung hatte.
Angekommen durchstöberte sie die Mall, nahmen alles
Brauchbare und machten sich auf, zurück zum Schiff.
Nachdem alles verstaut war und Quaddel mit Karen
Rücksprache gehalten hatte wollte er sich wieder auf den
Rückweg machen. Kasch nutze seine wahrscheinlich einzige
und letzte Möglichkeit um mit Quaddel über sein Vorhaben,
Europa zu erreichen, zu sprechen. Quaddel lenkte erstmal ein
und wollte vorsichtshalber den Kanal verlassen. Hier waren
sie ein zu leichtes Ziel, ob vom Land oder vom Wasser aus.
Das war ein Argument. Sie trafen sich mit Karen und schifften
hinaus, damit sie bessere Chancen hatten bei einem
eventuellen Angriff. Sie vertäuten die beiden Schiffe, machten
es sich in der Kajüte des Kapitäns gemütlich und Kasch fing
mit seinen Erklärungen an.

Kasch hatte vor England zu durchqueren. Bis Cheriton, dem
Bahnhof bei Folkestone, der mit Coquelles bei Calais mit
einem Tunnel verbunden war. In Frankreich hatte er schon
vor langer, langer Zeit einen Treffpunkt mit den dort

ansässigen Untergrundkämpfern ausgemacht. Vor Antritt
seiner Flucht hatte er noch einen Funkspruch,
selbstverständlich verschlüsselt, abgegeben. Der Funkspruch
blieb damals nicht unbemerkt, konnte aber nicht
zurückverfolgt werden. Greenburg ließ einen seiner jüngeren
Anhänger öffentlich hinrichten. Als mahnendes Beispiel für
alle anderen, die ihn seiner Meinung nach unterwandern oder
verraten wollten. Kasch hatte Kontakte in Frankreich, die
durch seinen leider schon verstorbenen Onkel, der erst in der
Fremdenlegion gedient hatte und dann in der deutschen
Botschaft den Rest seiner Arbeitszeit verbrachte. Er lebte in
Les Mureaux an der Seine, einem Vorort von Paris. Sein Onkel
schaute schon damals oft in die Zukunft. Er hatte Visionen,
hervorgerufen durch seine schwierige Zeit bei der
Fremdenlegion oder durch den ihn dahinraffenden Krebs.
Seine französische Frau Chantal glaubte ihm und schrieb seine
Gedanken nieder. Nachdem ihn sein Schicksal erlöst hatte
bekam Kasch diese Unterlagen zu Gesicht und machte sich
seinen eigenen Reim darauf. Seit der Zeit entsann er einen
eigenen Plan um den Visionen seines Onkels, die den

Geschehnissen seit damals sehr nahe kamen, entgegentreten zu können. Diese ganzen Ereignisse führten ihn bis hierhin und er war sich sicher, dass er an seinem Vorhaben festhalten sollte, nein, musste. Allein schon seinem Onkel zu Ehren! Er wusste nicht, ob die Männer, mit denen er in Kontakt treten wollte, noch da waren, aber er musste es auf jeden Fall versuchen, ob mit Quaddels und Karens Hilfe oder ohne sie! Quaddel lauschte den Ausführungen von Kasch, genauso wie Karen. Am Ende sagte der alte Kapitän, dass er erstmal darüber schlafen müsse. Er würde morgen entscheiden. Das war nur gerecht. Sie gingen alle schlafen, ohne natürlich zu vergessen, eine Wache aufzustellen.

Gegen Mitternacht hörte er ein Geräusch! Er blieb ruhig liegen, seine Automatik griffbereit unter dem Kopfkissen. Eine Gestalt näherte sich ihm langsam und auf leisen Sohlen. Kurz bevor die Person sein Nachtlager erreichte, packte er sie am Arm und riss sie herum. Es war Karen. Er ließ sie los und sie drehte sich zu ihm um. Sie sagten beide nichts, sahen sich nur an. Karen senkte ihren Kopf zu ihm und küsste ihn zart. Kasch, zwar verwundert doch nicht abgeneigt, erwiderte ihren Kuss

und sie verbrachten eine heiße Liebesnacht. Gegen
Morgengrauen verließ Karen den Raum ohne ein Wort zu
sagen. Was war das? Er hätte Karen beinahe umgebracht und
ließ sie auf der ganzen Reise spüren, dass er ihr nicht
vertraute und jetzt sowas. Wollte sie ihn einwickeln? Hatte
sie einen Plan auserkoren ihn zu hintergehen oder war es
tatsächlich nur Sympathie? Fragen über Fragen. Er hoffte,
dass die Zeit, die hoffentlich richtigen Antworten bringen
würden.

Der nächste Morgen begann mit einem wunderschönen
Sonnenaufgang. Wenn man so in den Himmel schaute,
konnte man den ganzen Schmerz, die ganzen
Ungerechtigkeiten und das ganze Leid fast vergessen. Ein
lautes Husten weckte ihn aus seiner Träumerei auf. Es war
Quaddel. „Kommt frühstücken" sagte er. Sie genossen die
Sonnenstrahlen und ihr Frühstück an Deck! Es war herrlich.
Nach dem sie gespeist hatten, fing der Kapitän als erstes an
zu sprechen. Er wollte Kasch bis zum Tunnel begleiten. Dann
würde er zurückkehren zu seinem Schiff und zu seinem Sohn,
nicht zu vergessen Kismo. Er konnte es nicht riskieren sein

Leben zu lassen, so gut er auch verstehen konnte, was Kasch erreichen wollte. Karen würde mit ihm gehen. Sie war froh, jemanden wie ihn kennen gelernt zu haben, jemanden, der etwas unternahm trotz der ganzen Widrigkeiten. Wenn niemand etwas macht, wird es immer so weiter gehen oder sogar noch schlimmer. Damit war alles geklärt. Sie besprachen noch ihre weitere Vorgehensweise und wollten in den nächsten Tagen aufbrechen. Sie mussten die Schiffe in Sicherheit bringen, ein Fahrzeug und Treibstoff besorgen, Proviant, Waffen und Munition zusammenstellen. Sie packten die Lebensmittel in Säcke und stellten die Waffen und Munition zusammen.

Kapitel 14

England

Sie lagerten alles in einem Haus in der Parkstreet. Kasch
wollte sich nach einem fahrbaren Untersatz umschauen.
Karen und Quaddel brachten die Schiffe zum Roath Dock.
Wenn jemand kommen würde, würden sie dort als letztes
suchen. Kasch wollte sie dann dort abholen. Er brauchte nicht
lange zu suchen. An der Central Rail Station standen
genügend Fahrzeuge. Er entschied sich für einen Bus. Er
untersuchte alle anderen Fahrzeuge nach Treibstoff und war
nach gut 3 Stunden soweit, dass der Tank des Busses voll war.

Das sollte reichen. Er befestigte noch einige Türen von innen vor den Fenstern, man konnte ja nie vorsichtig genug sein! Dann fuhr er zur Parkstreet, lud alles ein und machte sich auf den Weg, Karen und Quaddel abzuholen. Es ging über Lloyd George Ave, die Pierhead Street, die Roath Dock RD über die Clipper Road zur Old Clipper Road. Dort warteten die beiden schon erwartungsvoll. Beide waren etwas verwundert über die Auswahl des Gefährts aber dachten sich nichts weiter dabei. Die Reise ging los. Sie sollten in etwa 2 Stunden London erreichen, wo sie einen Zwischenstopp machen wollten. Wenn alles gut ging, die Straßen frei waren und sie nicht auf irgendwelche Rebellen oder Wegelagerer treffen würden. Quaddel befestigte einige Gewehre notdürftig an den Sitzen, so das sie durch einige Lücken zwischen den befestigten Türen absichern konnten. Erstes Ziel war Newport. Sie hofften, dass die Brücke bei Caldicot noch intakt war. Ansonsten müssten sie schon den ersten Umweg in Kauf nehmen, der über Beachley führte. Sie fuhren über Land, da sie die Befürchtung hatten, dass die Hauptstraßen überwacht wurden. Sie wollten so wenig wie möglich auffallen. Der Weg

führte über Wenlooge bis Maes Glas, dann die Cardiff Road
entlang bis zum Royal Gwent Hospital in New Port. Sie
wollten sich vorsichtshalber noch mit Medikamenten
eindecken. Auf ihrem weiteren Weg wollten sie die größeren
Ortschaften meiden, sie umgehen, und so ihr Ziel
unbeobachtet erreichen. Nahe dem Hospital lag der
Busbahnhof, den Kasch in der Zeit inspizierte, in der Karen
und Quaddel die Medikamente besorgen wollten. Er fand
einen noch im technisch einwandfreien Hummer. Er machte
sich an die Arbeit. Nach kurzen war der Wagen
kurzgeschlossen und sprang sofort an. Er stellte den Motor
wieder ab und besorgte von den restlich herumstehenden
PKWs Treibstoff. Der Hummer hatte zudem noch 4 Kanister,
die er auch befüllte. Dann machte er sich mit dem Gefährt auf
zum Center, wo Karen schon wartete. „Wieso bist du allein
hier, wo ist Quaddel" fragte er. „Komm schnell mit, ihm geht
es gar nicht gut" erwiderte sie! Sie liefen beide in das
Gebäude, wo der Kapitän im zweiten Stock mitten auf dem
Gang lag. Er gab keinen Laut von sich, atmete aber noch. Sie
legten ihn in ein Krankenbett und versorgten ihn so gut sie

konnten. Damit hatten sie nicht gerechnet. Was war mit dem
alten Mann? Was hatte er ihnen verschwiegen? Sie warteten
fast drei Stunden bis das erste Lebenszeichen zu hören war.
Kasch bewachte die Fahrzeuge als Karen ihn über Funk rief.
Sofort stürmte er in das Krankenzimmer und sah wie Quaddel
aufrecht im Bett saß. „Was ist los mit dir?" Der alte Mann
starrte immer noch etwas abwesend zu Kasch und fing an zu
erzählen. Es war vor ca. 3 Jahren, als er mit seinem Sohn
unterwegs war Nahrung zu besorgen. Es war ein warmer
Sommertag, als er etwas im Augenwinkel wahrnahm. Er hatte
keine Zeit zu reagieren als die fünf Männer auf sie
zusprangen. Einer griff sich Mikel, die anderen kümmerten
sich um ihn. Sie wollten ihnen die gefunden Lebensmittel und
die Waffen abnehmen, was sie auch taten. Sie schienen trotz
ihrer Aggressivität relativ freundlich gesinnt. Waren eben
genauso wie sie auf der Suche nach Brauchbarem um ihr
Überleben zu sichern. Sie wollten sich gerade wieder auf den
Weg machen, als einem von ihnen die Halskette, die Quaddel
von seiner Frau geschenkt bekommen hatte, auffiel. Er ging
auf mich zu und wollte mir die Kette vom Hals reißen. Ich

versuchte seine Hand zu erwischen. Bei dem Gerangel löste

sich ein Schuss aus seiner Pistole und erwischte mich in Nähe

meiner Lunge. Ich brach zusammen und die Männer

entfernten sich schnell, natürlich mit meiner Kette. Danach

wurde ich bewusstlos. Als ich wieder erwachte befand ich

mich wieder in unserem Versteck. Mikel hatte es geschafft,

mich auf das Boot zu bringen, den langen Rückweg alleine zu

finden und mich gut zu versorgen. Die Kugel konnte er leider

nicht entfernen. Also steckt dies Mistding immer noch in mir.

Ab und zu bewegt sie sich und macht mir dann schwer zu

schaffen. Ich bekomme extreme Atemnot und verliere das

Bewusstsein. Leider weiß ich nicht wann und warum das

passiert. Seitdem machte er seine Erkundungstouren nur

noch ohne Mikel, um ihn nicht zu gefährden. Kasch war sehr

aufgeregt und sagte mit lauter und etwas zittriger Stimme

dass er ihn davon hätte informieren müssen. Was wäre

passiert, wenn so etwas in einer brenzligen Situation

aufgetreten wäre, wo er sich schließlich auf ihn verlassen

würde, bzw. musste? Er war nicht sauer weil er es nicht

erwähnt hatte, er dachte viel mehr daran, dass er Quaddel

sehr mochte und sich nicht vorstellen wollte, dass der alte
Mann irgendwann den Löffel abgab. Er wollte noch etwas
sagen, als er Geräusche von draußen hörte. Er rannte zum
Fenster im Flur und sah mehrere Männer, die sich an ihrem
Bus zu schaffen machte. Sie hatten die wichtigen Sachen und
die Waffen in den Hummer umgeladen, da dieser wesentlich
schwerer zu knacken war als der Bus. Trotzdem wollte er
nach unten stürmen und den Jungs den Garaus machen. Er
drehte sich um und wollte gerade los, als Quaddel plötzlich
vor ihm stand! Wie hatte er sich so schnell aufraffen
können?? Ihm war klar, dass er jetzt nicht nach unten
stürmen würde, sondern warten würde, bis die Gauner den
Bus von den Vorräten erleichtert hatten. Zum Glück hatte er
den Verteiler entfernt, so konnten sie wenigstens den Bus
nicht stehlen. Karen sah die Wut in Kasch und hauchte ihm im
vorbeigehen einen Kuss auf die Wange. Nicht sehr
beruhigend, aber eine nette Geste. Sie hatten seit ihrer Nacht
kaum miteinander gesprochen. Kasch war das ganz recht, da
er in ihrer jetzigen jeden klaren Gedanken brauchte.
Wahrscheinlich hatte sie die gleichen Gedanken. Nach einer

endlos langen Zeit dauernden Stunde waren die Männer verschwunden. Quaddel fühlte sich wieder wohl und Karen hatte ein wenig geschlafen. Also los. Kasch brachte den Bus wieder zum laufen und sie machten sich auf den Weg. Die Fahrt sollte über die Brücke bei Caldicot führen, was auch ungefähr bis zur Mitte klappte. Dort war die Brücke gesprengt worden. Sie mussten also den Weg über die Beachley Bridge nehmen. Der weitere Weg verlief ruhig. Sie waren immer auf der Landstraße geblieben. Sie kamen trotzdem ziemlich nah an Milton vorbei. Ein Ort in der Nähe von Abdingon bei Oxford, den sie aber passieren mussten, da sie nach Didcot wollten. Dort gab es ein großes Fabrikgelände, wo sie sich einiges an Material erhofften. Sie fuhren gerade auf das Gelände, als eine furchtbare Explosion den Bus stoppte. Karen wurde in den Rückraum geschleudert und Quaddel stieß sich seinen Kopf so stark an das er anfing zu bluten. Kasch konnte gerade noch bremsen. Er sprang aus dem Wagen und erkannte sofort, dass das Gelände vermint war. Man hatte sich nicht viel Mühe gegeben die Minen zu verstecken. Vom Wagen aus konnte man sie aber sehr schlecht erkennen. Er riss die Tür zum Bus auf und kümmerte sich sofort um den Kapitän. Gott sei Dank war die Wunde nicht sehr groß, so das er die Blutung schnell stoppen konnte. Dann wandte er sich Karen zu, die sich schon von selbst aufrappelte. Sie verließen den Bus und begaben sich vorsichtig hinter Kasch her zum Hummer. Sie waren alle erschrocken und Kasch fuhr rückwärts vom Gelände und dann schnell in eine Seitenstraße. Dort beobachteten sie die Gegend und warteten was passieren würde. Es blieb alles ruhig. Wer vermint ein Gelände und ist dann nicht vor Ort um eventuelle Störenfriede abzuwehren? Sie sprachen ab, dass Kasch die Gegend überprüfen sollte. Er sollte sich alle 15 Minuten melden, damit sie ihm im Notfall zu Hilfe eilen konnten. Kasch ging los. Er durchquerte noch eine weitere Nebenstraße bevor er sich in Richtung Fabrikgelände begab. Er stellte durch den Feldstecher mit Wärmesensoren mehrere Quellen fest, die aber nicht unbedingt auf Menschen schließen ließen. Er bewegte sich vorsichtig weiter. Auf dem Gelände waren zwei größere und ca. zwanzig kleinere Gebäude.

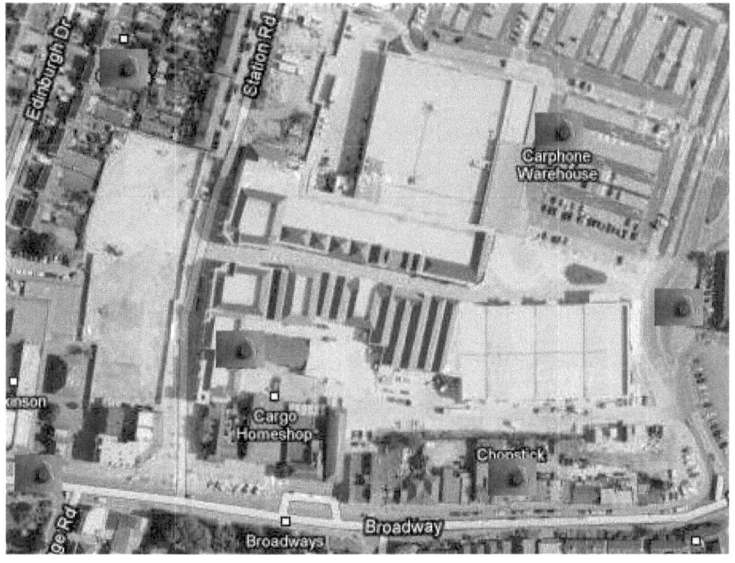

In zwei von ihnen nahm die Wärmestrahlung zu. Es schien

so, als wenn dort geheizt wurde. Er begab sich zu dem ersten

kleineren Gebäude, das leicht zu besteigen war. Oben

angekommen sondierte er abermals das Gelände. Die

Wärmequellen waren noch an ihrem Platz. Ungefähr 4 Meter

unter ihm aber noch zu weit entfernt um eingreifen zu

können schlichen einige Männer über den großen Platz

zwischen den großen Gebäuden. Seltsam dabei war, dass die

zwei Gruppen nicht in die gleiche Richtung gingen sondern die

eine die andere zu suchen schien. Er wartete ab. Kurz später

nahm er Maschinenpistolensalven wahr. Es waren wohl

rivalisierende Gruppen, die beide dies Gelände für sich beanspruchten. Das war wohl auch der Grund, dass niemand auf sie aufmerksam wurde. Er teilte seine Beobachtungen Karen mit. Quaddel schrie, er solle sofort zurückkommen und sich auf keinen Fall einmischen. Kasch stimmte zu und machte sich auf den Weg. Als er das Gebäude herabgestiegen war, fühlte er etwas Kaltes am Hinterkopf. „An die Wand" hörte er und folgte der Aufforderung. Die Hände, die ihn durchsuchten waren klein und selbst durch die Handschuhe konnte man ihre Feingliedrigkeit spüren. Es musste eine Frau sein. Er ließ die Durchsuchung über sich ergehen und ließ dabei seine Schachtel Zigaretten unauffällig auf den Boden fallen. Sie war gerade dabei seine Stiefel zu kontrollieren als Kasch sich blitzschnell umdrehte und sie dabei durch einen Schlag auf ihren Arm entwaffnete. Er wollte sie gerade mit einem Fußtritt niederstrecken, als er ihre Faust spürte. Da er nur auf einem Bein stand verlor er sein Gleichgewicht und prallte mit dem Kopf rücklings gegen die Mauer worauf er sein Bewusstsein verlor. Inzwischen war Karen sehr besorgt, da Kasch sich nicht, wie abgesprochen, gemeldet hatte. Quaddel versuchte sie zu beruhigen. Der weiß schon was er machte meinte er. Nach ca. 40 Minuten hielt es Karen nicht mehr auf ihrem Platz und sie machte sich auf den Weg Kasch zu suchen. Quaddel wollte ihr in einigem Abstand folgen. Sie kam bis zu dem Gebäude, an dem der Kampf stattgefunden hatte und fand die Schachtel. Also musste etwas passiert sein. Sie ging sofort in Deckung, was ihr aber nichts nützte. Sie war von drei vermummten Gestalten umringt. Sie wurde auch durchsucht und mitgenommen. Quaddel beobachtete alles aus einer sicheren Entfernung. Er folgte ihnen langsam und machte sich Gedanken, wie er ihnen helfen konnte. Sie verschwanden nach einiger Zeit in einem der kleineren Gebäude. Es war von außen schwer einzusehen. Die Scheiben waren verdunkelt obwohl man durch einige Spalten einen leichten Lichtschein erkennen konnte, was darauf schließen ließ, dass sie das Freiland von innen überwachten. Er schlich sich auf der Rückseite heran und versuchte das Gebäude irgendwie zu infiltrieren. Eine Feuerleiter, die zur Hälfte gekürzt wurde war zu erreichen. Er erreichte das Dach unter großer Kraftanstrengung. Er war einfach zu alt für solche Exkursionen. Von oben konnte er durch eine Lichtkuppel die Räumlichkeiten in Augenschein nehmen. Es war scheinbar aufgebaut wie ein Wohnhaus, wahrscheinlich ein administratives Gebäude. Er untersuchte alle Einstiegsmöglichkeiten um so wenig Lärm wie möglich zu machen. Eine der Türen auf dem Dach war nicht verschlossen. Warum? Alle anderen waren verrammelt als wenn man sich vor Godzilla schützen wollte. Es war eine Falle dachte er und wartete bis es dunkel wurde. Gegen 00:00 Uhr schlich er sich durch die Tür ins Innere. Er wurde scheinbar nicht bemerkt. Im zweiten Stock angekommen vernahm er Geräusche. Sie schienen in einem größeren Raum im Erdgeschoß zu sein. Er konnte durch einen Spalt in der Tür sechs Figuren erblicken, die im Halbkreis vor Karen und Kasch standen. Sie waren auf einem Stuhl gefesselt. Das waren zu Viele für ihn. Er musste abwarten was passieren würde. Sie weckten die zwei unsanft mit einem Eimer Wasser. Dann stellten sie die üblichen Fragen, bekamen aber keine Antworten. Kasch und Karen wollten Quaddel auf keinen Fall gefährden und schwiegen deswegen. Entgegen dem normalen Verhalten der Gruppen, denen sie bisher begegnet waren, wurden die Beiden nicht geschlagen oder übermäßig unter Druck gesetzt. Auch nach einer guten Stunde blieben sie ungeschoren. Wie er aus den

Fragen und den dadurch resultierenden Gesprächen

herauszuhören glaubte, gab es hier zwei Gruppen, die beide

das Gelände für sich beanspruchten. Die Kämpfe zwischen

den Beiden dauerte schon über ein Jahr und es schien kein

Ende in Sicht zu sein. Abgesehen von den Verlusten der

Kämpfer, gab es wohl auch noch Frauen und Kinder, die sie zu

beschützen versuchten. Fünf Personen begaben sich in

andere Räume. Eine blieb zum bewachen dort. Nach ungefähr

zwei Stunden machte Quaddel sich auf den Weg die Wache

auszuschalten. Er kam nicht weit.

Kapitel 15

Die Hilfe

Quaddel wurde nicht gefesselt. Er wurde in einen Nebenraum

geführt. Die Frau, die Kasch ausgeschaltet hatte, sie nannte

sich selbst Prinzess, einen Namen, den sie von den Kindern

bekam, setzte sich mit ihm zusammen an einen Tisch. Sie

stellte ihm eine heiße Tasse Kaffee hin und fing an zu

erzählen. Sie waren gleich nach Anfang der Krise mit

ungefähr 40 Personen auf diesem Fabrikgelände

angekommen. Unter ihnen ca. 25 Frauen und Kinder. Sie

sicherten alles so gut wie möglich ab und verbrachten ein

sehr ruhiges Dasein. Dann kamen Wegelagerer. Sie ließen sich

nicht blicken, sondern beobachteten nur. Sie hatten das

ganze Gelände mit Kameras gespickt, wodurch sie auch

Quaddel auf dem Dach erspähten. Sie wollten die

Eindringlinge beobachten und wieder ziehen lassen. Leider

blieben sie und sie wurden bemerkt. Seitdem versuchen die

andere immer wieder sie zu vertreiben. Wo sollen sie hin, was

bleibt? Der Kapitän hörte aufmerksam zu, überlegte nicht

lange und erzählte seine, bzw. ihre Geschichte in kurzen

Worten. Danach ging er einen Moment in sich. Prinzess fragte

„Was ist, geht es dir nicht gut?" Er holte tief Luft und sagte

dann etwas, was Kasch ihm wahrscheinlich übel nehmen

würde, aber er hatte genau überlegt und wollte der Gruppe

helfen. Er bat Prinzess um ein paar Minuten um Karen und

Kasch die Sachlage klarzumachen. Sie willigte ein. Quaddel

nahm sich einen Stuhl und setzte sich den beiden gegenüber.

Er entfernte Beiden die Mundknebel und sie wollten sofort

anfangen ihren Unmut in verbalen Äußerungen Luft zu

verschaffen. Der Alte erhob mahnend seinen Zeigefinger und beide verstummten sofort. Er fing langsam an, seine Wortwahl wohlüberlegt. Mit Karen würde er keine Schwierigkeiten haben, sie war sehr mitfühlend und gegen jede Art der Ungerechtigkeit. Bei Kasch war das schwieriger. Er hatte sein Ziel vor Augen und obwohl er auch nur Gutes wollte, weswegen er sich überhaupt auf dieses Abenteuer eingelassen hatte, ging er dabei über Laichen. Er argumentierte so: Sie waren auf einem Weg um die Welt zu verbessern. Hier waren Menschen die in Ruhe und Geborgenheit auf genauso eine Verbesserung warteten. Wenn man sie jetzt nicht unterstützen würde, könnten sie ihren Lebenswillen und vor allem ihren Glauben an das Gute verlieren. Auch wenn die Kommunikation auf der Erde überwiegend eingeschlafen war, würde sich so etwas in Windeseile verbreiten und Kasch könnte sein Vorhaben nur unter erschwerten Bedingungen durchsetzen. Also sollte man diesen Menschen helfen und dann den weiteren Weg beschreiten. Er hatte wohl die richtigen Worte getroffen. Kasch sagte kein Wort und sah sehr nachdenklich aus. Quaddel löste ihre Fesseln und bat die anderen herein. Kasch

bat um ein wenig Bedenkzeit, obwohl er seine Entscheidung
schon getroffen hatte. Er würde den Menschen helfen so gut
er konnte, jetzt aber wollte er seit langem mal wieder in Ruhe
und relativer Sicherheit richtig ausschlafen. Der nächste
Morgen begann sehr ungewohnt. Karen kam in seinen Raum
und brachte ein Tablett mit Kaffee und einigem Gebäck das
die Bewohner des Fabrikgeländes selbst herstellten. „Guten
Morgen, hast du gut geschlafen? Wie hast du dich
Entschieden?" „Darf ich erstmal frühstücken?" Karen wollte
den Raum gerade verlassen als er hinzufügte: „Gut und ich
werde helfen!" Karen schmunzelte und schloss die Tür hinter
sich. Nach dem Frühstück begab er sich zu Prinzess und ließ
sich in die Gegebenheiten einweisen. Sie hatten eine
komplette Videoüberwachung, eine Stromzufuhr, die sie mit
Hilfe eines Schiffsmotors im Keller erzeugten und jede Menge
Waffen und Munition. Warum konnten sie die Fremden nicht
besiegen oder vertreiben? Er erfuhr, dass, egal wie viele sie
töteten, es kamen immer neue dazu. Im Schnitt waren es
immer 20 bis 30 Kämpfer mit denen sie es zu tun hatten. Das
war für Kasch der erste Punkt, an dem er ansetzen wollte. Die
Gruppe musste sehr groß sein, aber wo kamen sie her. Findet

man den Ursprung, kann man den normalen Verlauf der
Dinge beeinflussen. So war es schon immer. Quaddel und
Karen sollten, nachdem sie den Bus und einiges an Equipment
aus dem Hummer geholt hatten, zur Unterstützung hier
bleiben. Quaddel war sehr erfinderisch. Er konnte ihnen
bestimmt helfen. Er selber würde sich aufmachen den
Aufenthaltsort der restlichen Gegner auszumachen und sie
empfindlich in ihrem Gefüge stören, bzw. den Fluss der
nachkommenden Kämpfer zu unterbrechen. Gesagt getan!
Er folgte nach einem kurzen Feuergefecht, bei dem
mindestens einer der gegnerischen Gruppe ums Leben kam,
einem sich entfernendem Mitglied. Der Weg führte ihn zuerst
nach Appleford. Er musste sehr vorsichtig sein. Der Verfolgte
bewegte sich zu Fuß und trotz des trüben Wetters blieb ihm
nichts anderes übrig als einen mehr als akzeptablen Abstand
zu halten, damit sein Hummer nicht auffiel. Zum Glück hatte
er das Wärme – und Nachtsichtgerät dabei. In Appleford stieg
der Typ in ein Fahrzeug ein. Na Gott sei Dank, dachte er. Sie
fuhren über Culham und Abingdon in Richtung Oxford. Am
Ortseingang hielt der Wagen und der Mann machte sich
wiederum zu Fuß auf den Weg. Kasch suchte schnell einen

sicheren Unterstand für den Hummer und folgte ihm weiter.

Die Verfolgung endete an der Oxford University. Auf dem

Gelände ging es die Southpark Road entlang über die Sibthorp

Road. Am Ende musste man noch ein Stück weiter in Richtung

Cricket Club. Das Gebäude war nicht das größte, aber so

gelegen, dass es relativ einfach von allen Seiten gesichert

werden konnte. Kasch machte sich daran einen sicheren

Aufenthaltsort zu finden um die Gegebenheiten erstmal zu

sondieren. Er schlug sich rechts in die Büsche im Osten und

wartete!

Der Tag neigte sich dem Ende. Kasch hoffte, im Dunkeln mehr aufschlussreiches über die Anzahl und Aufenthaltsorte der Gegner zu bekommen. Leider waren die Gebäude und auch der gesamte Innenhof hell erleuchtet. Er schlich sich näher an die Gebäude. Es patroulierten immer zwei Männer weiträumig um das Areal. Leichtes Spiel. Sie wechselten nicht mal die Zeit oder den Weg. Der Innenhof gestaltete sich schwieriger. Er war nicht sehr groß und trotzdem wurde er von zwei Gestalten in keinem erkennbaren Rhythmus bestreift. Er hatte genug Sprengstoff mit um die ganze Einrichtung zum Teufel zu jagen. Nur musste er dann auch überall Sprengladungen anbringen, die über kurz oder lang entdeckt werden würden. Also passte er die Zwischenzeiten der Wachen ab und inspizierte das ganze Rundum. Mit seiner Wärmekamera zielte er auf jeden Raum und wartete jeweils eine halbe Stunde um sicher zu gehen, dass die Personen sich auch länger dort aufhielten. Gegen Morgengrauen hatte er alle Räume durch und macht sich daran seine Aufzeichnungen durchzugehen. Es waren ungefähr 50 Kämpfer in dem Gebäudekomplex. Er musste mindestens vier Ladungen anbringen und dann damit rechnen, dass er noch zehn Leute

ausschalten musste. Er war guten Mutes als er hinter sich ein

Geräusch wahrnahm. Er ging schnell in Deckung, drehte sich

um und hatte seine Automatik inklusive Schalldämpfer im

Anschlag. Einer der Wachen musste sich wohl erleichtern.

Was für ein Glücksfall, dass er ihn nicht entdeckt hatte. Er

konnte ihn nicht erledigen, da er sonst vermisst werden

würde. Also wartete er bis er sich wieder entfernte. Er hatte

sein Anliegen erledigt und kam in seine Richtung. Dann

steckte er sich eine Zigarette an. Was für eine Auffassung von

Sicherheit. Als der Mann sich entfernt hatte beobachtete

Kasch die weiteren Geschehnisse. Es war gegen Mittag, als er

sich einen Plan für den Abend erdacht hatte. Die meisten der

Männer hielten sich im Nordostgebäude auf, wohl so eine Art

Unterkünfte. In den südlichen Gebäuden waren nur vereinzelt

Männer postiert, die wohl ankommende Gäste entdecken

sollten. Das Gebäude im Nordwesten war wohl das

Hauptquartier. Er würde die Unterkünfte mit drei

Sprengladungen versehen und das Hauptgebäude mit einer

gut platzierten. Das würde den Großteil der Gegner

ausschalten. Die vereinzelten würden ihr Schicksal schon vor den Sprengungen erfüllen. Scheinbar wähnten sie sich in Sicherheit, denn sie trugen keinerlei Kommunikationsgeräte bei sich. Um den Rest musste er sich nach den Explosionen selbst kümmern. Er überlegte noch wann er mit seiner Aktion starten würde, als er ein Geräusch hinter sich wahrnahm. Er drehte sich blitzschnell, seine Automatik dabei in Anschlag bringend um und schaute in den Lauf eines Revolvers. Eine Patsituation. Sein Gegenüber hatte nicht geschossen, obwohl es ihm möglich gewesen wäre. Er gehörte wahrscheinlich nicht zu den Gegnern. Sie hockten sich so einige Minuten stillschweigend gegenüber. Plötzlich hörten sie eine Wache auf sich zu kommen und gingen beide schnell und fast lautlos in Deckung. Als die Wache sich entfernte ergriff Mustafa, wie er sich selbst nannte, dass Wort. „Wer bist du und was machst du hier?" Kasch glaubte ihm vertrauen zu können, was seltsam war, denn er traute selbst Kameraden erst nach ewigen Zeiten, wenn überhaupt. Er erzählte in kurzen Zügen seine Geschichte, vorsorglich Karen und Quaddel auslassend. Mustafa überlegte kurz und schenkte seinen Worten Glauben.

Nun war er dran. Auch er hatte eine Geschichte, ähnlich

wie die von Kasch.

Kapitel 16

Das Wagnis

Er wurde Anfang 2012, nachdem er in dem damaligen

Deutschland aufgegriffen wurde, nach England

verschleppt. Anscheinend wollte einer der „Sechs" sein

Machtgebiet ausbreiten und sich der wenigen Rohstoffe auf

dem Eiland bemächtigen. Seine Reise endete erstmal in

London, von wo aus die Verschleppten mit gut gepanzerten

Bussen in verschiedene Richtung entsandt wurden. Durch

seine extrem kräftige Figur fiel er dem leitenden Anführer

sofort auf. Er hatte nichts zu verlieren und nahm das Angebot,

den ankommenden Nachschub an Männern zu empfangen,

ihnen ihre vorübergehenden Quartiere zuzuweisen und sie

letztendlich zu bewachen, an. Mitte 2012 hatte er ein sehr

gutes Verhältnis zu dem Kommandierenden und kannte sich

auf dem Areal und der Umgebung sehr gut aus. Er war es leid, diese Aufgabe zu erfüllen. Er dachte immer mehr daran, was wohl mit den Männern, die weggeschickt wurden, passierte und warum nie jemand zurückkam. Nur die Fahrzeuge kamen immer zurück. Er sollte es erfahren. Eines Tages war einer der Beifahrer nicht mehr zurückgekommen. Er sollte ihn bei der nächsten Ladung ersetzen. Endlich mal eine Abwechslung. Sie starteten drei Tage später nachdem am Vortag eine Ladung angekommen war. Es war ein kleiner Konvoi von drei Fahrzeugen. Er erschrak selber, dass er die Männer nur noch als Ladung betrachtete. Sie fuhren etwa 10 Stunden ins Landesinnere, wobei sie alle 4 Stunden eine Pause einlegten. Die Arbeiter waren allesamt, jeder für sich, an ihren Sitzen festgekettet. In den Pausen konnte sich jeder erleichtern, wenn er wollte. Gegen Mitternacht kamen sie in Durham im Nordosten von England an. Sie fuhren über eine noch sehr gut erhaltene Brücke in Richtung einer Burg, wo sofort die beiden großen Tore geöffnet wurden. Die Männer wurden in ihre Unterkünfte verfrachtet. Morgen würden sie zu ihren Arbeitsstellen gebracht. Er gehörte zwar nicht zu den Unterdrückern, wurde aber von ihnen akzeptiert, was sein Leben in dieser Zeit wesentlich vereinfachte und ihm auch einige Vorzüge brachte. Der nächste Tag bestärkte ihn in seinem Vorhaben, sich von diesen „Sklaventreibern" zu entfernen. Sie brachten eine Ladung in eine Art Steinbruch. Hier wurde ,auf sehr primitive oder altherkömmliche Weise, also mit Spitzhacke und Schaufel, Kohle und auch Eisen abgebaut. Die Wärter hatten alle siebenschwänzige Peitschen, die sie anscheinend sehr gerne einsetzten, denn bei jedem kleinen Verstoß gegen die aufgestellten Regeln hörte man die Peitschen durch die Luft surren, was immer mit einem Schmerzensschrei endete. Einer der Arbeiter war wohl mehr einer von der aufsässigen Sorte. Seine Kleidung war total zerschnitten und mit seinem eigenen Blut getränkt. Auch heute schien er es darauf anzulegen die Wärter zu provozieren. Gleich zwei der Peitschen schlugen auf ihm nieder. Er ging zu Boden und bewegte sich nicht mehr. Einer der Aufpasser begab sich zu ihm und trat ohne Rücksicht auf ihn ein. Kein Lebenszeichen. Er wies einige der Arbeiter an ihn in den naheliegenden Stollen zu werfen, was sie auch taten. Musti musste sich das Würgen verkneifen damit keiner bemerken konnte, wie ihn dieses Schauspiel ekelte. Bis zum

Abend ließen noch zwei weitere Männer ihr Leben, was auch erklärte, warum immer wieder Nachschub in London ankam. Er wollte so schnell wie möglich weg von diesem Ort und auch von diesen Geschehnissen. Zwei Tage später fuhren sie in Richtung London. Diesmal waren sie die einzigen die zurückfuhren, warum auch immer. Auf der Hälfte der Strecke, in Sheffield, machten sie Rast. Der Fahrer, er hieß Guido, sagte, dass er einen schönen Platz kenne, den er jetzt ansteuern würde. Okay dachte Mustafa . Sie fuhren auf der Gleadless Road bis zu einem größeren Gebäudekomplex. Man konnte nicht erkennen, was sich in diesem verbarg, da die Schilder, die einst an dem Gebäude angebracht waren, entfernt wurden oder durch die Verwahrlosung einfach abgefallen waren. Guido forderte ihn auf mitzukommen. Sie waren in der Peak Pharmacy. Es stellte sich schnell heraus, dass Guido ein Junky war. Er besorgte sich hier immer seine benötigten Drogen. Da er nicht wusste, wie lange er diese Tour noch zurücklegen konnte, deckte er sich immer mit einer ganzen Wagenladung ein. Mustafa trug die Kartons zum Bus und erdachte schnell einen Plan um zu fliehen. Es war vielleicht seine einzige und letzte Chance. Sie hatten alles

verstaut und wollten noch eine Zigarette genießen bevor sie

weiter fuhren. Guido drehte Mustafa kurz den Rücken zu und

sein Kopf drehte sich schnell nach links, so schnell, dass sein

Genick brach. Mustafa fuhr mit dem Bus ein Stück zurück in

Richtung Sheffield um den Bus mit Sprit aufzutanken und die

Reservekanister aufzufüllen. Als er alles erledigt hatte,

machte er sich in Richtung Westen, in ruhigere Gegenden auf.

Er fand einen kleineren Ort mit dem Namen Hereford. Dort

verbarg er sich die nächsten Wochen. Es ging ihm gut, doch

machte ihm sein Gewissen zu schaffen. Er musste immer

wieder an die Peitschenhiebe und die leidenden Männer

denken. Einen Monat später machte er sich auf, die Sklaven

zu befreien. Es war ein schwieriges Unterfangen, da die

Wachen zahlenmäßig überlegen waren. Er hoffte darauf, dass

ihm die Gefangenen helfen würden sobald sie merken

würden, dass er eine nach der anderen Wachen ausschalten

würde. Der Steinbruch war sehr verwinkelt sodass er vier der

ungefähr zehn Wachen ausschalten konnte, ohne dass die

anderen es sofort bemerken würden. Es war ein schöner

heller Tag, als er sich vom Norden her dem Steinbruch
näherte. Er hatte Durham weiträumig umfahren um nicht
entdeckt zu werden. Er hörte schon von weiten die
Peitschenhiebe. Nachdem er drei Wachen lautlos
ausgeschaltet hatte, schlossen sich ihm, die nahe Rettung vor
Augen sehend, die Arbeiter an. Zusammen waren es zwar
blutige aber auch sehr schnelle Momente, die ihnen ihre
Freiheit zurückbrachte. Die meisten von den Arbeitern
wollten auf und davon, aber Mustafa hielt sie durch eine
Salve aus einer MP auf. Er sprach zu ihnen und sie würden
ihm folgen. Sein Plan war es die Burg in Durham zu erobern
und alle Insassen zu befreien. Am Anfang waren viele gegen
ihn. Aber seine Argumentation war schlüssig. Er hatte sie
befreit; ohne ihn wären sie immer noch Sklaven. Er konnte
die meisten überzeugen, die anderen machten mit, weil sie
Angst hatten, alleine nicht zurecht zu kommen. Sie warteten
auf den nächsten Konvoi. Sie zogen sich die Kleidung der
Wärter an und warteten. Zwei Tage später kam Hans, ein
großer stämmiger Deutscher in den Steinbruch gerannt und
meldete einen Konvoi von vier Bussen! Sie hatten Glück, je
mehr Fahrzeuge, desto besser. Sie mussten alles schnell

erledigen, da sie nur einen Tag Spielraum hatten. Die Konvois fuhren immer zwei Tage später wieder zurück, also mussten sie sich so schnell wie möglich auf den Weg machen um den Moment der Überraschung auf ihrer Seite zu haben. Ihr Vorhaben gelang und sie nahmen die Burg ein. Zwei Wochen lief alles wunderbar. Dann kam wieder eine Ladung aus Europa und die ehemaligen Gefangenen bescherten ihnen einen angemessenen Empfang. Dann passierte etwas, womit Mustafa nicht rechnen konnte. Hans hatte eine kleine Schar von Männern davon überzeugt, dass es doch angenehm wäre, wenn man die Männer, die hergebracht wurden, als Arbeiter einsetzen würde um Lebensmittel und sonstige Sachen für ihren Lebensunterhalt zu besorgen oder zu fertigen. Dies alles war hinter Mustafas Rücken geschehen. Als er Hans zur Rede stellte versuchte dieser ihn zu beschwichtigen. Es wären keine Sklaven, sondern einfach nur Männer, die für ihre aufrichtige Arbeit entlohnt würden, mit Nahrung, Unterkunft und Sicherheit. Mustafa schmeckte das gar nicht, aber er ließ sich erstmal darauf ein. Welche Wahl hatte er auch? Die Gruppe unter Hans war schwer bewaffnet und behielt in uneingeschränkt im Auge. Es vergingen die Wochen und Hans war unzufrieden. Er wollte mehr, wurde habgierig. Die Transporte aus London blieben aus. Nachdem sie einen kleineren Trupp, der wohl geschickt wurde um festzustellen wo die Fahrzeuge und Männer blieben, aufgerieben hatten, tat sich nichts mehr. Hans wollte das Hauptquartier einnehmen und dadurch noch mehr Männer arbeiten lassen. Ende 2012, es war um Oktober, marschierte er mit seinen Männern und den Arbeitern los. Mustafa wollte nicht mit ihnen ziehen, er wollte wieder in seinen kleinen Zufluchtsort, den er vor der Befreiung entdeckt hatte, zurück. Hans war nicht begeistert, gab ihn aber letztendlich frei. Mustafa musste zu Fuß gehen, da Hans die Fahrzeuge behalten wollte. Damals ahnte Hans nicht, dass ihm Mustafa folgen würde. Er beobachtet wie der Angriff auf das Hauptquartier in London überhaupt nicht stattfand, da alles niedergebrannt oder in die Luft gejagt worden war. Später sollte sich herausstellen, dass die „Fünf" einige mutierte Viren in Europa ausgesetzt hatten und durch die Verschiffung der Gefangenen die Seuche auch in England um sich griff. Nachdem Hans und seine Männer einsahen, dass hier nichts zu holen war, machten sie sich auf

den Rückweg, wobei sie durch Oxford kamen, wo sie dann

auch blieben. Nun wollte Mustafa dem ein Ende setzen und

traf hier auf Kasch der ihm sehr gelegen kam um seinen

ehemaligen Gefährten Einhalt zu gebieten.

Kapitel 17

Zusammen

Nachdem sie ihre Geschichten erzählt hatten überlegten sie

kurz und Kasch brach das Schweigen. Er weihte Mustafa in

seinen Plan ein. Mustafa sollte die Männer in dem

Frontgebäude ausschalten, während Kasch sich um die

vereinzelten Wachen in dem anderen Gebäude kümmern

würde. Dann würde er die Sprengladungen anbringen, wobei

er gut Rückendeckung gebrauchen könnte. Das Schicksal

hatte die beiden zusammengeführt. Auch wenn Kasch nicht

an Karma glaubte, so war er diesmal doch sehr verwirrt. Egal,

sie mussten diese Bande loswerden. Sie bereiteten sich auf

den Abend vor, an dem sie ihr Vorhaben verwirklichen

wollten. Es dämmerte schon, als sie laute Motorengeräusche hörten. Mustafa kletterte auf einen naheliegenden sehr hochgewachsenen Baum um eine bessere Sicht zu haben. „Was siehst du?" fragte Kasch. „Drei Lkw 's. Wahrscheinlich voll mit Männern oder Gefangenen" antwortete er. Die Kolonne bewegte sich in Richtung Innenhof. Angekommen wurde sie von circa 30 Männern umringt. Die Gefangenen mussten aussteigen und sich in einer Reihe aufstellen. Es vergingen einige Minuten bis ein großer Mann auf dem Platz erschien. Es war Hans! Mustafa erkannte ihn sofort. Hans begann damit die Gefangenenreihen abzuschreiten, wobei er jeden einzelnen ganz genau musterte. Etwa in der Mitte der Reihe blieb er stehen und wandte sich einem etwas schmächtigen kurzgewachsenen Mann zu. „Wie heißt du und wo kommst du her?" „Mein Name ist Werner und ich komme aus Deutschland!" „Oh, ein Landsmann" erwähnte er lautstark, bevor er seine Barette zog und Werner in den Kopf schoss. Sein Körper sank klanglos zu Boden. Die anderen waren voller Angst, drehten sich nervös hin und her und versuchten einen Ausweg zwischen den sie umzingelnden Männern zu finden. Einer von ihnen lief los, seine vermeintliche Chance zu entkommen vor Augen und dachte in der Aufregung könnte er es schaffen. Weit gefehlt! Ein Schuss fiel und auch er sank zu Boden. Dann fing Hans laut, aber dabei beruhigend auf den Rest einzureden. „Also, ich bin hier der Chef. Ich gebe jetzt und hier jedem die Chance, sich mir anzuschließen. Ich verlange absolute Loyalität. Was ich sage wird gemacht, wenn ich es sage und wie ich es sage. Wer sich dem widersetzt, wird das gleiche Schicksal erleiden wie die zwei Männer, die jetzt auf dem Boden liegen. Dass ich es ernst meine solltet ihr daran erkennen, dass ich selbst meine eigenen Landsmänner nicht verschone. Ich gebe euch eine Nacht Bedenkzeit. Morgen werde ich mit jedem einzelnen von euch ein Gespräch führen. Danach entscheide ich ob ihr mit uns kämpfen dürft oder ob wir euch zum arbeiten schicken, um unser Überleben zu sichern!" Danach entfernte er sich und die Männer wurden in ihre Arresträume gebracht. Das brachte Kasch und Mustafa in eine missliche Lage. Sie wollten Hans den Garaus machen, wollten aber die Unschuldigen nicht verletzen. Die Arresträume befanden sich aber genau in unmittelbarer Nähe zu den Aufenthaltsräumen der Mitstreiter von Hans. Kasch überlegte kurz und teilte

Mustafa seinen schnell erdachten Plan mit. Es war jetzt kurz

vor Mitternacht. Die Wachen gingen ihren Weg und die

Gefangenen würden sich jetzt wohl einigermaßen beruhigt

haben. Den ersten Teil ihres Planes würden sie jetzt

umsetzen. Beide hatten kaum Mühe, die vereinzelten

Wachposten in den jeweiligen Gebäuden zu eliminieren.

Danach trafen sie sich wieder um sicher zu gehen, dass beide

noch am Leben waren und machten sich daran den Rest ihres

Plans zu erledigen. Kasch brachte den Sprengstoff an den

entsprechenden Stellen an, während sich Mustafa einen Weg

zu den Gefangenen suchte. Er musste sich völlig lautlos

fortbewegen, damit ihr Plan nicht vereitelt werden würde

und er die Gefangenen befreien konnte, bevor die Ladungen

hochgehen würden. Er hatte nicht viel Zeit. Sie hatten bis zur

Detonation eine halbe Stunde Zeit und zwar genau ab jetzt.

Um 0115 Uhr war es soweit. Die Sprengladungen gingen, wie geplant alle kurz nacheinander hoch. Es herrschte ein heilloses Durcheinander. Schreie, Menschen die blutend und orientierungslos umherirrten. Mustafa und Kasch warteten an zwei zuvor ausgewählten Stellen und erlösten die Männer von ihren Schmerzen. Gegen 0200 Uhr war alles ruhig geworden. Nur vereinzelt hörte man leise Geräusche. Sie würden noch bis zum Morgengrauen warten und dann den Rest des Gebäudekomplexes zusammen durchstreifen und eventuellen Überlebenden anbieten sich ihnen anzuschließen oder sie ihrem Herrn zu übergeben. Zeit, sich anzuhören, wie Mustafa es geschafft hatte, die Gefangenen zu überreden und in Sicherheit zu bringen.

Mustafa hatte sich über einen Baum Zugang zum Dach des Gebäudes verschafft, in dem die Gefangenen gehalten wurden. Über ein Oberlicht, das geöffnet war hatte er gute Sicht auf den großräumigen Flur. Es waren nur zwei Wachen dort. Er wartete kurz, warf dann sein Feuerzeug in eine zu den Wachen entgegengesetzte Ecke. Die Männer nahmen sofort ihre Waffen in Anschlag und bewegten sich behutsam in

Richtung des Geräusches. Als sie genau unter ihm waren
schoss er beiden von oben in den Kopf. Gut, dass Kasch ihm
einen Schalldämpfer mitgegeben hatte. Er glitt langsam an
einem Seil hinunter und machte sich daran die beiden Laichen
nach den Schlüsseln für die „Zellen" zu durchsuchen. Danach
ging alles sehr schnell. Die meisten Gefangenen hatten die
Aktion mitbekommen und waren schnell davon überzeugt,
dass es besser sei Mustafa zu Vertrauen, als am nächsten
Morgen Hans! Er schickte sie alle über das Dach nach
draußen. Am Boden angekommen wies er die Männer an sich
in Richtung Kricketfeld zu begeben und dort bis zum Morgen
zu warten. Er würde dann nachkommen, sobald er seine
Aufgabe erledigt hätte.

Der Morgen graute und beide machten sich auf den Weg das
Areal und die Gebäude zu säubern. Sie gingen trotz allem sehr
vorsichtig vor um sich nicht mehr als nötig zu gefährden. Sie
fanden nur wenige, die sich über die Nacht hinaus noch am
Leben gehalten hatten. Sie würden ihren Verletzungen
erlegen. Zum Schluss begingen sie noch einmal den großen
Vorplatz. Sie wollten sich gerade auf den Weg zu den sich

versteckt haltenden Männern machen, als sie ein Geräusch

wahrnahmen. Unter einem LKW kam Hans hervor. Sein

Gesicht war blutüberströmt und ein Knochen ragte aus

seinem Bein hervor. Er richtete seine Waffe auf Kasch, konnte

sie aber nicht gerade halten. Mustafa kam rücklings auf ihn zu

und trat ihm die Pistole aus der Hand. Er kniete sich hin und

beugte sich zu Hans hinunter. Hans erkannte ihn und seine

Augen wurden groß! „Ich hatte dir doch gesagt, dass dies

nicht der richtige Weg ist!" sagte Mustafa. Dann erlöste er ihn

mit einem Schuss. Sie nickten sich zu und begaben sich zu den

Männern, die sie befreit hatten. Von den 28 Männern waren

nur noch 12 übrig. Omar, ein großer Mann, afrikanischer

Abstammung berichtete ihnen, dass die Anderen ihren Weg

allein beschreiten wollten. Kasch stellte den anderen frei, ob

sie sie begleiten wollten. Alle 12 kamen mit. Sie suchten alle

Waffen und was man sonst noch gebrauchen konnte

zusammen, luden alles auf zwei Lkw 's und machten sich auf

den Weg zum Fabrikgelände bei Didcot. Sie näherten sich bis

auf ca. 1000 m. Dort stellten sie die Wagen ab, ließen zwei

Mann als Wache zurück und näherten sich den Gebäuden in 4

Gruppen von jeweils 3 Mann. Alle waren über Headset, ein
Geschenk von Hans, miteinander verbunden. Alles schien
ruhig. Kasch ging mit seiner Gruppe zu der Stelle, an der er
das Gebäude zum ersten Mal infiltrieren wollte. Er rief Karen
über das Funkgerät. Keine Antwort. Er versuchte es erneut.
Totenstille. Er informierte Mustafa, Omar und Jean-Paul der
sich als gute Führungsperson herausstellte und zudem noch
Priester aus dem Senegal war und die vierte Gruppe
anführte. Sie hatten das ganze Gelände unter Sichtkontrolle.
Es bewegte sich nichts. Omar, erst 25 Jahre und sehr impulsiv,
begab sich ohne Anweisung auf die Mitte des Platzes
zwischen den Gebäuden zu. Kasch schrie fast in das Mikrofon,
er solle sich zurückziehen. Er hörte nicht, sondern nahm sein
Earstick heraus. Zur Verwunderung aller passierte nichts. Die
anderen untersuchten das weitere Gelände, bei dem sie
mehrere Leichen fanden und begaben sich dann vorsichtig in
die einzelnen Gebäude. Was war passiert, warum meldete
sich Karen oder Quaddel nicht? Sie hatten alles durchsucht
und nichts gefunden. Sie versammelten sich in dem großen
Raum, wo Kasch anfangs gefesselt war. Als erstes ging Kasch

auf Omar zu und ohrfeigte ihn zweimal, wobei es gar nicht so
einfach war bei seiner Größe. Er ließ es über sich ergehen, da
er wusste, dass er etwas falsch gemacht hatte. Plötzlich
vernahmen sie Geräusche. Alle gingen sofort in Deckung und
beobachteten die Umgebung. Die Geräusche kamen vom
Boden. Der Tisch, an dem sie gerade gesessen hatten fing an
sich langsam zu bewegen. Alle richteten ihre Waffen darauf.
Kasch wies alle an ruhig zu bleiben und erst auf sein
Kommando zu schießen. Es wurde ein Stück vom Boden zur
Seite geschoben und es lugte als erstes etwas Schwarzes
heraus, was nach und nach die Form einer Kapitänsmütze
annahm. Kasch hoffte, dass darunter der richtige Mann zum
Vorschein käme. Er sollte Recht behalten, es war Quaddel.
Kasch senkte den Arm und seine Männer nahmen die Waffen
runter. Trotz der Freude, seinen alten Weggefährten wieder
zu sehen, schrie er ihn an: „ Warum habt ihr euch nicht
gemeldet?" Quaddel ging auf Kasch zu und nahm ihn herzlich
in seine Arme. Dann kamen die anderen herauf. Erst 8
bewaffnete Männer, dann die Frauen und Kinder und zum
Schluss Karen. Kasch versuchte seine Freude zu verstecken,
was ihm sichtlich schwer viel. Karen sah ihn an und fragte:

„Warum hat das so lange gedauert?" Kasch grinste nur.

Später erklärte Quaddel, dass in dem Boden eine starke

Bleifolie eingearbeitet war, die alle Funksignale abschirmte.

Sie hatten nur die stampfenden Fußschritte gehört und

wollten dem nachgehen. Sie hatten inzwischen 7 Männer

verloren und da sie nicht wussten, ob Kasch Erfolg hatte,

beschlossen sie sich erstmal in den Kellergewölben zu

verstecken. „Was ist passiert, wieso hat es so lange

gedauert?" fragte Quaddel. Kasch erzählte kurz die

Vorkommnisse. Zwei Männer wurden zu den Lkw 's geschickt.

Nachdem alle da waren, versammelten sie sich um den

großen Tisch und berieten gemeinsam das weitere Vorgehen.

Sie wollten erstmal alles zusammenpacken, die Vorräte und

das Equipment zählen und sich dann in Richtung London

aufmachen. Sie waren jetzt schon ein ziemlich großer Trupp.

Da waren die 15 Frauen, Karen nicht mitgerechnet, 10 Kinder

im mittleren Alter, 10 Mann aus Oxford, 7 Mann von hier,

Ouaddel, Karen, Mustafa und er. Also 46 Menschen. Das

würde das weitere Vorankommen nicht unbedingt

erleichtern. Kasch wäre am liebsten mit Omar, Jean-Paul,

Karen, Mustafa und Quaddel alleine weitergegangen. Er

wusste aber das Quaddel und Karen das auf keinen Fall

billigen würden. Sie beschlossen Ende der Woche

aufzubrechen und am Eurotunnel noch einmal über alles zu

entscheiden. Die Woche Ruhe tat ihnen allen gut und am

Sonntag dem 28.10. brachen sie auf, verteilt auf zwei Busse,

zwei Lkw's und einem Hummer.

Kapitel 18

London

Die Fahrt begann früh morgens. Sie hatten die Fahrzeuge so gut es ging gesichert und mit mehreren MG' s ausgerüstet. Der Weg ging über Luton und Watford bis zum Hyde-Park. Sie fuhren in versetzten Zeitabständen um eventuelle Gefahren besser begegnen zu können. Es war eine recht beschwerliche Reise. Sie mussten des Öfteren den Weg wechseln, da die Straßen kaputt oder verstellt waren. 3 Tage später kamen sie am Treffpunkt an. Kasch schickte zwei Spähtrupps aus um einen sicheren Weg über die Themse auszukundschaften. Spät in der Nacht kamen sie zurück. Sie brachten schlechte Nachricht. Alle Brücken waren gesprengt worden. Es gab nur noch die Westminster und die London Bridge. Leider waren die beiden mit jeweils zwei circa 15 Meter hohen Türmen bebaut worden. Zudem schien es so, als wenn man eine Mauer im Landesinneren von einem Turm zum anderen errichtet hätte. Außerdem waren die Brücken wahrscheinlich elektronisch vermint. Man könnte London weiträumig umgehen, aber das würde Tage, wenn nicht Wochen in Anspruch nehmen und sie wären unnötigen Gefahren ausgesetzt. Was tun? Kasch beschloss mit Mustafa die beiden Brücken zu inspizieren. Sie machten sich sofort auf den Weg.

An der Themse angekommen machten sie sich auf sie zu
überqueren. Das Wasser war nicht zu kalt und das St. Thomas
Hospital gab ihnen einigen Sichtschutz. Zur Vorsicht ließen sie
ein etwa zwei Meter großes Brett zu Wasser und stießen es
kräftig in Richtung des anderen Ufers. Das Brett schwamm
etwa bis zur Mitte, als ein ohrenbetäubendes Geräusch
erschallte und das Brett in tausend Teile zerbarst. Wenn sie
also hier etwas erreichen wollten, mussten sie tauchen. Die
Themse war breit, sie brauchten Ausrüstung. Sie begaben sich
zum Royal Hospital an gleichnamiger Straße und hofften
einige Sauerstoffflaschen zu finden. Sie benachrichtigten über
Funk Quaddel, der sofort damit begann die Anwesenden zu
befragen, ob irgendjemand technisches Geschick hätte. Omar
meldete sich und machte sich mit einigem Werkzeug auf zum
Hospital. Angekommen hatten Mustafa und Kasch schon
genügend Sauerstoff gefunden. Omar machte sich sofort
daran etwas auszuknobeln um damit eine Art
Tauchausrüstung zu basteln. Sie hatten noch etwas gefunden,
dass ihnen ihr Vorhaben sehr erleichtern würde. Schlafmittel,
Lachgas und Betäubungsäther. Sie bauten daraus einige
Schlafgranaten. Nachdem alles fertig war begaben sie sich

erstmal zurück zum Sammelpunkt um weiter Schritte zu besprechen. Kasch wollte mit Mustafa durch die Themse tauchen und dann über das St. Thomas Hospital näher an die beiden Türme an der Westminster zu kommen. Gegen Abend gingen die Beiden los. Sie stiegen westlich der Brücke ins Wasser und tauchten bis zum anderen Ufer. Durch einen Spalt in einer Mauer betraten sie eine Art Fabrikgelände. Sie schlichen an den Mauern vorbei bis zum Hospital. Trotz der widrigen Umstände die herrschten, war das Glasdach des St. Thomas noch unbeschädigt. Sie begaben sich bis zur Glaskuppel und sondierten von dort aus das Gelände bis zur Brücke. Sie hatten guten Blick auf den Turm, der auf dem Platz gebaut worden war, an dem einst ein großer runder Springbrunnen stand. Mustafa erinnerte sich daran, wie er dort oft verweilte und an seine Kindheit in der Türkei dachte. Sie mussten aber noch näher heran. Sie setzten ihren Weg fort und bahnten sich ihren Weg zu dem oberen Stockwerk eines der Nebengebäude des Hospitals. Auf dem Dach angekommen robbten sie zum Mauervorsprung und befestigten dort zwei Panzerfäuste die sie mit einem elektronischen Sender versahen. Sie waren bestimmt in der

Lage einen Turm auszuschalten, aber zwei waren einfach zu viel. Nachdem sie die Wachen im Turm auf der Ostseite ausgeschaltet hatten mussten sie unbedingt die Elektronik für die Minen finden und sie ausschalten. Danach würden sie die anderen informieren. Sie sollten dann mit den Fahrzeugen kurz vor der Brücke in Stellung gehen damit die Wachen des Westturms in Stellung gingen. Dann würden sie die Panzerfäuste zünden und das Gelände vor der Brücke mit zwei Stand-MG's sichern. Ein gewagter Plan, aber wer nicht wagt, der nicht gewinnt. Sie wollten das Durcheinander ausnutzen und sich dann über die Lambeth Palace Road Richtung Westen absetzen. Kurz vor Morgengrauen machten sie sich auf den Weg den Turm zu erreichen. Da wo einst die County Hall stand war der zweite Turm aufgebaut. Durch die Krater und die herumliegenden Mauerteile waren sie relativ vor neugierigen Blicken geschützt. Außerdem richteten sich die Augen der Wachen mehr in Richtung Themse. Sie erreichten den Turm mühelos. Die hier lebenden Menschen waren sich anscheinend sehr sicher, in seinen Augen zu sicher, dass es niemand wagen würde hier durchzubrechen. Sie hatten am Eingang des Turms nicht einmal Wachen postiert. Im Inneren hatten sie vom Gebäude gegenüber ungefähr 10 Männer ausgemacht. Sie rechneten aber mit bis zu 20. Durch einen Sichtspalt in der Tür sahen sie zwei Männer. Die würden sie lautlos niederstrecken. Gesagt, getan. Dann machten sie die Schlafgranaten bereit. Sie würden fast lautlos auslösen und somit die Männer in den oberen Etagen nicht alarmieren. Nachdem die Beiden erledigt waren wollten sie die Granaten werfen, als Mustafa ein Gerät entdeckte, das ihnen weiterhelfen sollte. Es war eine Art Umwälzanlage die wohl die Luft erwärmen sollte. Sie zündeten die Granaten und stellten die Anlage auf volle Ventilation. 15 Minuten später war alles ruhig. Sie begaben sich nach oben und seltsamerweise wollte Kasch die Schlafenden verschonen, was Mustafa sehr begrüßte. Sie fesselten und knebelten alle bis auf einen der Männer. Er hatte als einziger ein Funkgerät dabei und sie wollten nicht dass ihr Plan vereitelt würde, falls ein Funkspruch nicht erwidert würde. Dann begaben sie sich mit dem Gefangenen zum London Aquarium, wo sie die Schaltzentrale vermuteten. Sie lagen richtig. Die Zentrale war nicht einzunehmen, zu viele Männer. Also schauten sie sich nach den Zuleitungen um.

Auch hier wurde in Kasch 's Augen sehr geschlampt. Sie

hatten sich nicht mal die Mühe gemacht die Kabel zu

verdecken, geschweige den einzugraben. Sie versahen die

Kabel mit einer Brandlunte und informierten dann den

Konvoi. Um 0800 stand der Konvoi bereit. Die Wachen aus

dem Westturm gingen in Stellung und visierten die Fahrzeuge

an. Das letzte was sie hörten war ein wohl bekanntes Surren

und ein lauter Knall. Gleichzeitig brannte die Lunte und

zerstörte die Verbindung zu den Minen. Der Treck setzte sich

in Bewegung. Die Männer aus dem Aquarium kamen schnell

aber nicht weit. Mustafa hielt die Belvedere Road im Visier,

Kasch hatte vom Ostturm leichtes Spiel. Die Fahrzeuge hatten

die Brücke schnell überquert. Zuerst sprang Kasch auf, dann

Mustafa. Sie gaben Vollgas und erreichten die Lambethroad,

die sie weiter in Richtung Folkestone bringen sollte. Sie

kamen bis zum Georges Circus, wo sie plötzlich unter

Beschuss lagen. Sie mussten wenden und einen anderen Kurs

einschlagen. Sie fuhren zurück und nahmen die St. Georges

Road bis zum Elephant and Castle Shopping Center. Dort

angekommen bildeten sie eine Wagenburg direkt vor dem

Eingang. Die Frauen und Kinder eilten in das Gebäude an der

Wadding Street, das günstig lag und von dem man alles weiträumig überblicken konnte. Die anderen sicherten das Gelände weiträumig ab. Sie warteten 3 Stunden. Als nichts passierte, begaben sich, bis auf drei gut postierte Wachen, alle in das Gebäude. Alle waren unverletzt und hatten sich weitgehend beruhigt. Der Beschuss lag wohl noch in Reichweite ihrer Geschütze. Hier schien alles sicher zu sein. Sie wollten aber, um sicher zu gehen, noch ein bis zwei Tage hier verweilen. Sie konnten nicht sicher sein, dass ihnen nicht nachgestellt werden würde. Schließlich hatten sie eine Menge Männer getötet und ihre Befestigungsanlagen erheblich beschädigt, wenn nicht sogar ausgelöscht. Wenn sie Glück hatten würden sie zuerst ihre Anlagen instand setzen. Bis dahin wären sie dann schon weiter gezogen. Kasch, sein Ziel immer näher vor Augen, wurde innerlich immer aufgeregter, was er vor den anderen aber verbergen konnte. Nur Karen bemerkte seine Angespanntheit. „Was bedrückt dich?" stellte sie ihn zur Rede! Er erzählte ihr, dass er im Moment nicht mehr wusste, ob sein Weg der Richtige ist. Sie hatten jetzt schon Vielen geholfen, sollte er riskieren, diese Leben aufs Spiel zu setzen, nur um seinen Plan zu verwirklichen? Karen reagierte anders, als er erwartet hatte. Er solle an seinem Plan festhalten. Manchmal muss man Menschen opfern, um Menschen zu retten. Es hinge viel zu viel von dem Erfolg seines Vorgehens ab, als das man jetzt alles abbrechen sollte. Er war verwundert über Karens Einstellung, nahm sie aber positiv zur Kenntnis. Sie stellten weiträumig Wachen auf und organisierten administrativ den weiteren Verlauf ihrer Reise. Die kurze Erholungspause tat allen gut, vor allem den Frauen und Kindern.

Sie wollten am nächsten Morgen weiterziehen. Zuerst von der A20 auf die M20 Richtung Swanley über Aylesford und Ashford bis Folkestone. Es waren so um die 120 km. Das sollten sie in gut ein bis drei Stunden geschafft haben. Am Abend zuvor machten sich Mustafa und Kasch, Omar und Jean-Paul mit dem Hummer auf, die Gegend vorher zu sondieren. Sie kamen problemlos bis an die ersten Gebäude von Folkestone. Sie stellten den Hummer etwas Abseits bei St. Martins Plain, einer Art Fabrikgelände, geschützt ab. Dann machten sie sich Querfeldein an Newington vorbei in Richtung Eurotunnel Terminal auf. Angekommen stellten sie fest, dass niemand das Terminal bewachte. Die Gleisanlagen waren weitgehend in Takt. Im Osten entdeckten sie eine größere Lagerhalle, in der sie die Fahrzeuge vorerst verstecken wollten. Im Norden nicht weit entfernt des Hauptgebäudes wollten sie die weiteren Schritte planen. Es war ein Gebäude mit einer Glaskuppel, von der man das umliegende Gelände gut einsehen konnte. Sie ließen Omar und Jean-Paul als Wachposten, bestückt mit Funkgeräten, zurück und machten sich auf den Rückweg. Alles schien etwas einfach, was Kasch sehr beunruhigte. Zurück wurden sie schon sehnsüchtig erwartet. Es gab einige Komplikationen. Sie wurden zweimal von kleineren Trupps angegriffen. Bis jetzt konnten sie die Angriffe erfolgreich und ohne Verluste abwehren. Mit der Wärmekamera hatten sie die Trupps weit vorher entdeckt und die erforderlichen Maßnahmen ergriffen. Jetzt hatten die beiden Gruppen sich zusammengeschlossen und es würde wohl nicht lange dauern, bis zu einem nächsten Angriff starteten. Sie befanden sich jetzt ungefähr in der Harper Road, etwa 1km entfernt. Was tun? Sollten sie ihrerseits einen Gegenangriff starten oder sollten sie sofort aufbrechen um der Gefahr zu entgehen. Sie entschieden sich dazu aufzubrechen und das

Gebäude mit einigen Sprengsätzen zu versehen. Dann blieb

ihnen hoffentlich genug Zeit um ihre Reise nach Europa

fortzusetzen. Sie mussten sich beeilen, denn wer auch immer

hinter ihnen her war, musste sich im Klaren darüber sein,

wohin ihr Weg gehen würde. Über Funk teilte Kasch Omar mit

was passiert war. Die Beiden sollten das Car Terminal

inspizieren und zusehen ob sie den Tunnel in irgendeiner

Form gegen Eindringen sichern konnten. Zur Not sollten sie

die Gleisanlagen bis zur Sichtweite zerstören damit die

Verfolger annehmen sollten, dass dies nicht ihr Weg sein

könnte. Sie würden in circa 2 Stunden am Terminal

ankommen. Es wurde alles in Windeseile zusammengepackt

und die Fahrt ging los.

Osman überlegte. Er kannte inzwischen die Vorgehensweise

von Kasch. Er betrachtete die Situation und kam zu dem

gleichen Schluss. Er hatte ungefähr noch 35 Männer, von

denen 5 sich ihnen unterwegs angeschlossen hatten. Er

entschied sich dazu diese Fünf zu opfern indem er sie zu dem

Gebäude schickte, in dem sich Kasch verschanzt hatte. Etwa

eine Stunde später hörten sie eine ohrenbetäubende

Explosion. Er näherte sich mit dem Rest seiner Gruppe dem

Gebäude und sah die Trümmer die die Explosion hinterlassen
hatte. Mein Gott, dachte er, was ein gewiefter
Schweinehund. Sie begaben sich zurück zur Westminster
Bridge, wo sie zuvor alle die Kasch und seine Gruppe
verschont hatten niedergemetzelt hatten. Sie beluden die
ansässigen Fahrzeuge und machten sich auf den Weg nach
Folkestone. Die Geschichte hatte sich schnell verbreitet.
Osman hätte aber auch so gewusst, dass Kasch versuchte
Europa zu erreichen. Es blieben ihm nur zwei Möglichkeiten.
Der Tunnel oder eine Fähre, was unwahrscheinlich war, da
alles Schwimmbare vernichtet oder beschlagnahmt worden
war.

Kasch und seine Gruppe erreichten das Terminal gegen 0200
Nachts. Omar und Jean-Paul hatten gute Arbeit geleistet. Sie
versteckten die Fahrzeuge in der großen Halle, die auch mit
Sprengstoff bestückt worden war, nahmen alles was sie
tragen konnten und begaben sich direkt auf die Gleise, die
vom Terminal abgingen. Eine halbe Stunde später zündeten
sie die Sprengsätze um die Verfolger zu verwirren. Hätten sie
genügend Zeit gehabt, hätten sie versucht eine
Fahrgelegenheit zu ergattern und die Fahrzeuge

mitgenommen. So waren Karen und Mustafa mit jeweils zwei Männern, einem Bus und dem Hummer auf dem Landweg unterwegs. Sie wollten sich an der Warren Halt Railway Station treffen.

Als Osman mit seinen Männern das Terminal erreichte war er etwas verwundert. Warum waren die Gleise zerstört? Die Verwüstungen waren frisch, also war klar, dass diese Zerstörung von Kasch veranlasst wurde. Seine Männer sollten die Umgebung checken und auf jede Auffälligkeit achten. Sie fanden die Halle mit den restlichen Fahrzeugen, betraten sie aber nicht, sondern informierten Osman. Osman begutachtete die Eingänge und die restliche Außenhaut des Gebäudes. Ihm war klar, dass hier etwas nicht stimmen konnte. Kasch würde seine Fahrzeuge nicht einfach jemand anderen überlassen. Er beschloss, aus sicherer Entfernung einige Panzerfäuste abzufeuern. Die enorme Sprengkraft löste die angebrachten Sprengladungen aus und das Gebäude zerbarst. Nun hatten sie nur noch zwei Fahrzeuge, was Osman von einem Überlebenden an der Westminster erfuhr, bevor er ihn hinrichtete. Er überlegte kurz und befahl seinen Männern sich in Richtung Dover aufzumachen und dort alles

zu sichern. Er selber wollte mit weiteren fünf Männern die
Gleise in Richtung Dover entlang der Küste abgehen um auch
diesen Weg zu entkommen ausschließen zu können.

Inzwischen hatten sich die zwei Gruppen an der
Railwaystation getroffen. Sie hörten die Explosion und
begaben sich in Richtung Dover um von dort aus alles weitere
zu besprechen und die Verfolger abzuwehren bzw. zu
vernichten. Sie sahen im Moment keine andere Möglichkeit.
Sich darauf zu verlassen, dass ihre Spur nicht zu verfolgen war
erschien allen zu riskant.

Kapitel 19

Dover / Coquelles

In Dover angekommen machte Princess den Vorschlag sich im
Post Office an der Pencester Rd zu verschanzen. Sie kannte
das Gebäude gut und wusste, wie die wenigsten, dass der
Komplex mit unterirdischen Gängen versehen war, die am
Dover Castle in Nähe der Harold 's Rd wieder nach oben
führte. Die Gänge stammten noch aus der Zeit der Kreuzritter
und wurden von den Stadtvätern als Denkmal erhalten. Sie

gehörte zu den leitenden Sicherheitskräften der Stadt als

damals alles zusammenbrach. Der Vorschlag wurde

angenommen. Die Frauen und Kinder sollten sich in den

Gängen versteckt halten, bis sie die Schlacht entschieden

hatten. Sie wollten den Verfolgern die Stirn bieten um den

weiteren Weg nicht immer wieder nach hinten blicken zu

müssen.

Die Männer um Osman sammelten sich Ecke York Street –

Townwall Street. Kasch postierte dort zwei Männer, die das

Feuer eröffnen sollten und sie in Richtung Post Office locken

sollten. Der Plan ging auf und Osman und seine Männer

tappten in die Falle. Kasch hatte zum Mark & Spencer Plc,

HSBC Bank Plc und dem in der Nähe gelegenden Pencester

Park Männer entsendet, die erst auf sein Zeichen hin

angreifen sollten. Seltsamerweise wurden sie frontal

angegriffen, was ihnen natürlich zum Vorteil gereichte. Die

Schlacht war hart aber kurz. Nach ungefähr einer Stunde war

das Gemetzel vorbei, ohne das die Männer, die außerhalb des

Gebäudes warteten hätten eingreifen müssen. Jetzt sollten

alle vorsichtig zum Post Office zurückkehren. Sie trafen nur

Tote. Die Gruppe aus dem Park stellte eine noch lebende

Person, die sie fesselten und mitnahmen. Angekommen wurde der Gefangene zum Verhör in einen Raum gebracht wo er an einen Metallstuhl gefesselt wurde und durch ein großes Fenster im Rücken erstmal beobachtet werden konnte. Kasch kannte den Mann aus dem Ausbildungslager. Es war Osman. Er hatte seine eigenen Prioritäten. Seine Familie! Er rechnet sich mehr Chancen aus mit Kasch seine Familie zu retten, als mit den Männern von Greenburg und Paulsen. Kasch hörte sich seine Geschichte an, verließ den Raum und überlegte lange. Er konnte Osman nicht trauen, trotzdem hatte er das Gefühl, dass er ihm noch nützlich sein könne. Sie hatten 3 Männer bei dem Gefecht verloren und einen, hoffentlich loyalen Mann gewonnen. Osman hatte sich das so vorgestellt. Er sollte Kasch ausfindig machen, koste es was es wolle. Dadurch hatte er genügend Zeit. Er wollte Kasch in allem unterstützen. Er hatte wichtiges Hintergrundwissen und konnte zudem noch per Satteliten mit Greenburg und Paulson in Kontakt treten. Als Gegenleistung erwartete er Hilfe bei der Befreiung seiner Familie. Wie das von statten gehen sollte, wollte er sich später überlegen. Kasch willigte ein und sie wollten am Neujahrstag den Tunnel durchqueren. Es waren

38 km die sie zurücklegen mussten. Der Hummer wurde als
Schienenfahrzeug umgebaut und sollte als Vorhut den Tunnel
durchqueren, dicht gefolgt von den 44 Personen, die zurzeit
der Gruppe angehörten.

Am Sylvesterabend machten sich Quaddel, Omar, Jean-Paul
und Osman auf den Rückweg. Die Verabschiedung zwischen
dem Kapitän und Kasch verlief sehr gefühlvoll, was Karen sehr
verwunderte, da Kasch ja ansonsten eher der „Eiskalte" zu
sein schien. Osman sollte sie begleiten um etwaige Gruppen,
die sie treffen könnten, durch seinen Stand bei Greenburg zu
überwinden. Sie würden dann zu dritt mit Karens ‚s Schiff den
Hafen von Den Helder im Norden der Niederlande ansteuern
und dort auf das Eintreffen von Kasch warten. Es war eine
gefährliche Schiffsroute, aber sie würden schon ihren Weg
finden. Zu dem Zeitpunkt konnten sie noch nicht ahnen, dass
Quaddel ihnen sein Schiff zur Verfügung stellen würde, da er
an die Sache glaubte und zu gerne mitgegangen wäre, wenn
nicht sein Sohn und Kismo auf ihn warten würde.

Kasch nahm Omar zur Seite und mahnte ihn Osman immer im
Auge zu behalten. Außerdem sollten sie wenn möglich ein

größeres oder zusätzliches Schiff beschaffen. Er rechnete damit, dass sich ihm noch mehrere Männer anschließen würden und sie mindestens 150 bis 200 Männer brauchen würden um die Festung in Kanada einzunehmen.

Nachdem die vier losgezogen waren zog sich Kasch zurück. Er brauchte ein wenig Ruhe. Zum einen um seine Gedanken zu sortieren, zum anderen um sein weiteres Vorgehen bis ins kleinste zu planen. Sie würden sich in Frankreich als erstes nach Les Mureaux begeben und dort seine Tante Chantal Cruax aufsuchen. Er hoffte sie noch lebend anzutreffen. Sie hatte nach dem Tod seines Onkel ‚s wieder ihren Mädchennamen angenommen, damit sie auf keinen Fall auffallen würde.

Sie hatten ihren Plan, am Neujahrstag aufzubrechen aufgegeben und zogen kurz nach der Verabschiedung los. Sie rechneten mit 10 Stunden Weg und damit, dass, falls Wachen in Frankreich stationiert wären, die meisten betrunken genug waren und sie so einfacher ins Landesinnere gelangen könnten. Der Weg durch den Tunnel verlief ohne nennenswerte Vorkommnisse. Sie wollten sich bis Coquelles im Tunnel fortbewegen und erst dort an die Oberfläche stoßen.

Als sie im Morgengrauen die frische Luft einatmeten war es

wie früher. Die Sonne schien um den neuen Morgen zu

begrüßen, ein leichter Wind zog durch die Gassen riesiger

Gebäudekomplexe und es waren vereinzelt Geräusche von

Vögeln zu hören, die den Anschein erweckten, dass sich die Natur hier langsam wieder durchzusetzen versuchte. Das Leben findet immer einen Weg.

Nachdem Sie die Gegend ausgekundschaftet hatten, begaben sich alle an die Oberfläche und verschanzten sich in einem in der Nähe liegendem Einkaufszentrum. Als Erstes zogen einige Gruppen los um Fahrzeuge und Treibstoff zu besorgen. Am Nachmittag hatten Sie zwei Fahrzeuge, einen Bus und einen Lkw mit Anhänger. Der Anhänger hatte einen festen Aufbau, den Sie mit einigen Scharten versahen. Dann zogen Sie weiter in Richtung Paris. Sie fuhren über die Landstraße über Abbeville an Beauvais vorbei durch mehrere kleinere Orte bis zur Seine. Wenn Sie Glück hatten würde die Brücke kurz vor Les Mureaux noch intakt sein und Ihnen den Weg nicht noch zusätzlich erschweren. Alles blieb seltsamerweise ruhig. Ein schönes und zugleich beängstigendes Gefühl nach den letzten kampfbetonten Tagen und Wochen.

Etwa zur gleichen Zeit kamen der Rückkehrer Quaddel und seine Gefährten in Cardiff an. Auch Sie hatten kaum nennenswertes unterwegs erlebt. Scheinbar hatten sich die eventuell übriggebliebenen Menschen zurückgezogen um sich neu zu formieren, oder es war niemand mehr da. Am Roath

Dock angekommen machten Sie sich daran die Schiffe wieder

flott zu machen. Sie wollten bis zur Ausfahrt aus dem Hafen

zusammenbleiben, an einer kleinen Anlegestelle bei Penarth

anlegen um die weitere Umgebung mit Quaddels

Ortungsgerät zu sondieren und sich dann auf den Weg

machen. Zur Überraschung stellte Quaddel den Dreien sein

Schiff zur Verfügung. Er würde seinen Weg machen und bei

dem kleinen Boot, wie es das von Karen war, würde er keine

Bedrohung darstellen und hoffentlich nicht in eine

Konfliktsituation geraten. Zudem empfand er Ihre Mission

als zu wichtig um zu scheitern. Omar bedankte sich herzlich

bei Quaddel. Alle wünschten sich für Ihre Fahrt alles Gute und

nahmen Ihre Reise in Angriff.

Omars Fahrt mit seinen Kameraden würde bei guten

Verhältnissen circa 1bis 2 Tage in Anspruch nehmen, je nach

dem, ob er auf Widersacher treffen würde oder nicht. Sie

hatten sich dazu entschlossen, den kürzeren Weg zu

bestreiten, den durch den Ärmelkanal. Sie sollten keine

Probleme bekommen.

Kapitel 20

Die Ziele

Im Hafen von Den Helder angekommen, legten Sie mit Ihrem Schiff im östlichen Teil an und, oh welch gut gemeintes Schicksal, dort fanden Sie ein zwar beschädigten aber doch brauchbaren Frachter. Sie machten sich sofort daran die

Gegend weiträumig zu kontrollieren, die benötigten

Ersatzteile zu beschaffen und den Frachter zu reparieren. In

Frankreich kamen Kasch und seine Begleiter gut voran.

Angekommen in Meulan wies Kasch die Gruppe an auf dem

Platz am Boulevard Maurice Beretaux zu warten. Kasch wollte

mit Mustafa zu Fuß den weiteren Weg erkunden. Die Seine

war hier durch die Ile Belle getrennt, so dass Sie zwei Brücken

überqueren mussten. Er wollte nicht riskieren, dass man auf

so etwas wie in London traf. Am Ortseingang von Les

Mureaux trafen Sie auf einen Mann, der kauernd an einer

Hauswand saß. Mustafa hielt ihn aus einiger Entfernung im

Visier und Kasch bewegte sich langsam auf ihn zu, immer

bereit sich auf den Boden zu werfen und so die Flugbahn für

Mustafas Geschoss freizugeben. Der Mann rührte sich nicht.

„Hey Alter, was machst du hier" fragte Kasch. Der Alte hob

langsam seinen Kopf und erwiderte „ Ich habe auf euch

gewartet." Etwa eine Stunde später waren sie wieder zurück.

Der Weg war frei, die Brücken intakt und nirgends waren

Gefahren zu erwarten. Sie machten sich auf den erstmal

letzten Abschnitt ihrer Reise. Von dem Mann erfuhren sie,

dass sich die meisten in einen Wald im Osten von Les

Mureaux geschlagen hätten, im Centre Hospitaler

Intercommunal de Meulan Les Mureaux.

Dort traf Kasch auf seine alte Tante Chantal. Sie war jetzt so

Mitte 70 und konnte kaum noch sehen. Trotzdem erkannte

sie ihren Neffen an seiner Stimme und umarmte ihn

Minutenlang. Sie berichtete ihm von der Kunde, die sie

erreicht hatte, dass ein Mann auf dem Weg wäre, die Welt zu

befreien. Sie fühlte in ihrem Herzen das es Kaschi, wie sie ihn

nannte, sein musste. Sie war überglücklich wieder ein
Familienmitglied im Arm halten zu können. Er sollte sich
erstmal ausruhen, die weiteren Schritte würden sie am
nächsten Morgen besprechen. Alle wurden freundlich und
ohne Argwohn empfangen und konnten behütet schlafen.

Am nächsten Morgen war der Himmel nicht mehr so klar. Es
braute sich ein Unwetter zusammen. Tante Chantal hatte
noch einige Habseligkeiten, die ihr verstorbener Mann in
einer Truhe aufbewahrt hatte, hervorgeholt und übergab sie
nun Kasch. Er sollte sich damit zurückziehen und sich alles
genau anschauen. Sein Onkel hatte in der Fremdenlegion
gedient und Kasch erwartete einiges an Ratschlägen für den
Kampf, der ihnen bevorstehen würde. Er fand etwas anderes.
Eine alte Pistole mit Schalldämpfer, einige Karten von bisher
nicht bekannten unteririschen Gängen und Munitionslagern,
mehrere Bilder die das Leiden der afrikanischen Einwohner
zeigten und einen zweiseitigen Brief. Die Pistole war noch
intakt, da sein Onkel sie sehr gut gepflegt hatte. Eins der
Munitionsdepots lag in Niedersachsen, tief in einem Wald
versteckt. Der Brief war seltsam. Sein Onkel hatte fast alles

vorausgesehen und trotzdem riet er seinem Enkel davon ab diesen Weg weiter zu gehen. Er warnte vor den Einflüssen auf die Psyche der Kämpfer, auf das Instinktverhalten der Menschen. Viele würden bei einem Erfolg mehr wollen, man würde ihnen nicht mehr trauen können. Welche Menschen sollte man töten, welche am Leben lassen.

Er schrieb: wenn du diesen Weg wählst, wirst du am Ende alleine sein. Du darfst nichts an dich herankommen lassen, ob psychisch oder physisch. Also überlege gut. Wenn du bis hierher gekommen bist, heißt das, dass du bis jetzt Erfolg hattest und die Menschen dir Vertrauen, sich auf dich verlassen. Gehst du jetzt einen anderen Weg werden sie darüber hinwegkommen.

Dieses Schreiben gab ihm zu denken. Er beschloss im Laufe des Tages mit Mustafa und Karen darüber zu sprechen. Zum Abend hin ließ er beide zu sich rufen. Sie spazierten durch den Wald und er teilte ihnen mit, was ihm im Kopf herum ging. Mustafa konnte ihn gut verstehen. Er war damals in einer ähnlichen Lage, als er beschlossen hatte die Gefangenen zu befreien und dann seinem alten Freund Hans den Garaus zu machen. Er hatte es trotz seiner Bedenken getan und sein

Erfolg gab ihm Recht. Karen war auch Mustafas Meinung. Die
Leute vertrauten ihm und sie würden ihm Folgen,
wahrscheinlich bis in den Tod. Ohne ihn und sein Wissen wäre
ein Angriff auf eine der Festungen einzig und allein ein
Selbstmordkommando. Die Menschen brauchen Hilfe und
jemanden zu dem sie aufsehen können. Er war so jemand und
so schnell würde man so einen Charakter nicht mehr finden.
Er sollte das nicht falsch verstehen, es gab genug andere die
mutig, stark und schlau waren, Omar, Mustafa, Jean-Paul,
aber keinem von denen würden die Männer folgen.
Die Beiden gaben ihm Kraft, die Kraft die er brauchte um sein
Vorhaben weiter durchzuführen. Er bedankte sich bei Ihnen
und begab sich zu seiner Tante. Auch sie ermunterte ihn
weiter zu machen. Die Menschen brauchen Hilfe. Selbst wenn
das Glück oder die Freiheit nur kurz währen würde, es würde
allen zeigen dass man mit wenigen viel erreichen kann. Am
nächsten Morgen besprach er sein weiteres Vorgehen mit
den Anführern der französischen Untergrundgruppe und
seinen Getreuen. Er hatte vor, Lenggries so schnell wie
möglich zu erreichen. Seine Tante hatte davon gehört, dass
dort Menschen leben, die sich den Widrigkeiten der Umwelt

und den sporadischen Angriffen der "Schwarzen Schwadronen" erfolgreich widersetzten. Daraufhin hatte sie Späher ausgesandt dies zu überprüfen. Leider kam nur einer der Drei zurück. Er bestätigte das Gehörte. Kasch brach mit Karen und 20 Männern Ende Februar 2013 auf. Gleichzeitig schickte er Mustafa und weitere 10 Männer nach Den Helder um Omar zu unterstützen und den weiteren Ablauf zu gewährleisten.

Da es zu gefährlich war sich motorisiert fortzubewegen, entschlossen sie sich dazu die Strecke zu Fuß zurückzulegen. Sie waren durchtrainiert und hatten sich 100 km pro Tag vorgenommen. Sollte nichts Unvorhergesehenes passieren müssten sie spätestens Ende März die dort ansässige Gruppe erreichen. Wie er sie überreden würde wollte er sich später überlegen.

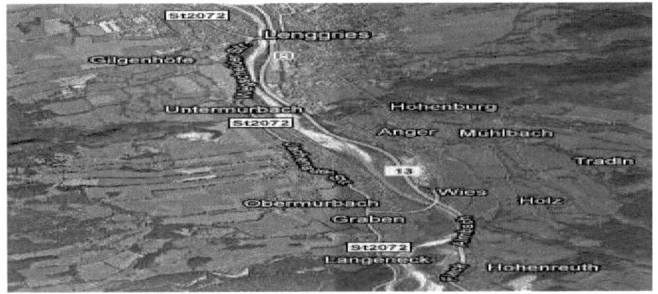

Kapitel 21

Der Weg der Freiheit

Nachdem er seine Geschichte erzählt hatte, sahen ihn alle, teils verwundert, teils ehrfürchtig, an. Er beobachtete die Reaktionen der Männer und Frauen und war sich sicher, alle überzeugt zu haben, ihm bei seinem weiteren Vorgehen zu unterstützen. Der alte Mann ergriff als erster das Wort. „Wir haben deiner Geschichte offen gelauscht und werden uns jetzt zusammensetzen und darüber diskutieren. Warte solange in dem Raum nebenan!" Er tat, was der „Alte" gesagt hatte und wartete. Es war an der Zeit den Peilsender zu aktivieren, damit Karen Bescheid wusste, dass er unversehrt war. Sie wartete in einem sicheren Abstand und sollte ihm erst folgen, wenn keine Gefahr mehr bestand. Beide hatten für den unwahrscheinlichen Fall, dass seine Mission keinen Erfolg haben sollte, die weiteren Schritte ausgearbeitet, die Karen dann mit Mustafa und den anderen ausführen würden. Omar und Jean-Paul hatten sich mit Quaddel auf den Rückweg gemacht um mit Karens Schiff den Hafen Den

Helden anzusteuern und dort auf die anderen zu warten. Sie hatten die kanadische Festung als erste ins Visier genommen, da sie die vermeintliche schwächste war. Zur Überfahrt brauchten sie natürlich eine schwimmende Gelegenheit. Nach einem nicht lange andauernden Zeitraum, wurde er zurück zu den anderen gerufen. Es wurde „Einstimmig" beschlossen, Kasch zu folgen und ihm bei seinem Unterfangen zu helfen. Jetzt hatte er ungefähr 200 Mann um sich geschart. Aus Frankreich kamen nochmal ungefähr 150 Männer dazu. Das sollte seiner Meinung nach reichen, die Festung einzunehmen. Dies alles war aber nur durch Karens Insiderwissen zu realisieren. Sie kannte die Gegebenheiten und hoffte, dass sich seit ihrem letzten Aufenthalt nicht viel verändert haben würde. Kurz nach dem Ergebnis brachten Wachposten Karen zu Karl. Kasch stellte Karen vor und teilte Karl mit, dass noch 20 Männer außerhalb warteten. Er schickte die Wachen zum angegebenen Standort um sie zu empfangen. Gleichzeitig verständigte Kasch seine Männer über Funk. Karl begrüßte Karen mit einem Handkuss. Er war sichtlich begeistert von der hinreißenden Frau. Er entschloss sich Kasch zu folgen und überließ seinem jüngsten 25 jährigen

Sohn die Führung. Etwa 50 Männer würden sie bis Frankreich
zur Unterstützung begleiten. Es wurde alles was hier nicht
gebraucht wurde zusammengestellt. Nachdem sie alles auf
den Fahrzeugen verstaut hatten verabschiedeten sich seine
neuen Begleiter von ihren Freunden und Angehörigen. Dann
brachen sie auf. Sie legten die Strecke bis Les Mureaux in
wenigen Tagen zurück. Angekommen wurden alle herzlich
begrüßt. Es gab schlechte Nachricht aus Coquelles. Die Küste
vor Calais war wieder belebt. Es wurden drei Schiffe
ausgemacht. Jedes von ihnen unter einer anderen Flagge.
Dass Paulsen und Greenburg sie verfolgten, wusste Kasch ja
schon. Der Dritte war Schüller. Sie mussten etwas ahnen,
ansonsten hätten sie sich nicht verbündet. Also hatten sie in
ihren Reihen eine Schwachstelle, einen Informanten. Wie
konnte er seine Nachrichten unbemerkt absetzen. Nur die
Führungskräfte hatten uneingeschränkten Zugriff auf die
Kommunikationsmittel. Das schränkte den Personenkreis des
eventuellen Verräters ein. Er informierte Karen, Mustafa und
auch Karl. Die einzigen, den er Vertrauen schenkte. Karl
kannte er zwar erst seit kurzem, aber er hatte keine
Gelegenheit jemanden zu informieren, so dass Derjenige so

schnell hätte reagieren können. Er würde dies nicht aus den Augen verlieren aber jetzt gab es wichtigeres. Sie wollten sich in drei Gruppen aufteilen, und dann auf verschiedenen Wegen zeitversetzt Richtung Den Heldern aufbrechen. Anfang April war es dann soweit. Die erste Gruppe um Kasch mit 100 Mann nahm den kürzesten Weg über Lille, Brügge und Den Haag, die Zweite sollte sich, an Brüssel vorbei, über Antwerpen und Rotterdam, bewegen und wurde von Karl mit 100 Mann angeführt. Karen führte die letze Gruppe mit 150 Mann über Liege, Maastricht Eindhoven und Utrecht. Jede Gruppe schickte 10 Mann als Vorhut um nicht in einen Hinterhalt zu geraten. Sie wollten sich dann in Haarlem Nähe Amsterdam treffen.

Mustafa hatte inzwischen Den Helder erreicht und war
überrascht, wie weit die Drei gekommen waren. Sie hatten
den Frachter repariert und waren im Moment dabei rings um
das Schiff Sicherungselemente, wie MG's und Raketenwerfer
zu befestigen. Die Hilfe kam ihnen sehr Recht. Sie wollten die
Innenausstattung so angenehm wie möglich gestalten. Sie
hatten immerhin eine nicht kurze Seereise vor sich. Zudem
wollten sie die Gebäude auf der Halbinsel an der Het Niewue
Werk als vorläufiges Hauptquartier einrichten. Die Arbeiten
kamen gut voran. Da sie den Funkverkehr angesichts der
drohenden Gefahr, die durch die drei Schiffe ausgelöst
wurden, eingestellt hatten, machte sich Mustafa mit 5
Männern zwei Wochen später in Richtung Haarlem auf.

Dank Tante Chantal waren ihre Widersacher auf dem Weg
nach Paris. Sie hatte einige alte Männer Richtung Calais
geschickt, voraussehend, dass diese abgefangen werden
würden. Die Männer würden sich redselig geben und die
Verfolger auf eine falsche Fährte führen. In der Zwischenzeit
würde sich seine Tante mit den restlichen Menschen in ein
zuvor angelegtes unterirdisches Tunnelsystem zurückgezogen

haben. Da die letzte Gruppe um Karen, die wie alle anderen sehr vorsichtig vorangehen würden, den längsten Weg bestreiten musste, hatten sie ein Zeitfenster errechnet, dass Mustafa fast zeitgleich mit der letzten Gruppe in Haarlem ankommen ließ. Sie trafen sich alle in einem Terminal an der Amsterdamsevaart.

Als die Verfolger, die ein Mann namens Önder anführte, der aus den Reihen Schüllers stammte, Paris erreichten und feststellen mussten, dass sie wohl an der Nase herumgeführt wurden, waren sie so erzürnt, dass sie Paris in Schutt und Asche legen wollten. In Anbetracht ihres Auftrages konzentrierten sie sich aber darauf weitere Informationen zu sammeln. Einen Tag später machten sie das Versteck von Tante Chantal aus. Als sie den Eingang zu den unterirdischen Gängen entdeckten, trat ihnen seine Tante entgegen und wollte eine Art Waffenstillstand aushandeln. Önder hörte sich ihren Vorschlag in Ruhe an und schien darauf eingehen zu wollen. Die Kinder und Frauen waren gerade dabei den Ausgang, der ungefähr 2 Kilometer entfernt an die Oberfläche führte, zu erreichen, als sie laute Schussgeräusche hörten.

Önder machte keine Kompromisse. Er wusste um die Folgen, wenn er scheitern würde. Seine Tante und die meisten ihrer Anhänger wurden getötet und Önder machte sich auf den Weg zurück zu ihren Schiffen um die Küste entlang auf andere Hinweise zu stoßen. Zehn seiner besten Männer schickte er durch das Landesinnere. Im Nachhinein hätte er die Entscheidung, die Tante von Kasch zu liquidieren, überdenken sollen.

Der Weg von Haarlem bis Den Helder verlief reibungslos. Angekommen machte Kasch Omar und den anderen ein anerkennendes Kompliment für die Arbeit die sie geleistet hatten. Sie richteten sich ein. Es wurden mehrere Gruppen losgeschickt den Ort systematisch zu durchsuchen. Sie würden alles brauchen können. Sie wollten am 13. Mai, einem Montag aufbrechen. Sie hatten die Schiffe verstärkt so gut es ging. Lebensmittel und Kraftstoff war zur Genüge vorhanden. Nur die Verfolger würden sie jetzt noch aufhalten können. Fünf Tage zuvor hatte Kasch die Nachricht vom Tod seiner Tante von einem Überlebenden des Massakers bekommen und darum gebeten, dass alle das kurzfristig eingerichtete Hauptquartier verlassen sollten. Niemand wunderte sich, da jeder seinen Schmerz nachvollziehen

konnte. Jeder hatte Angehörige oder Freunde verloren.

Wie geplant legten sie am Montag ab und machten sich auf

den Weg nach Kanada. Durch das Ortungsgerät des guten

Quaddel fühlten sie sich sicher und die Seereise gelang.

Kapitel 22

Der Angriff

Auf der Reise sahen sie weit entlegen am Horizont die

Umrisse der Färöer Inseln, kamen an der Spitze von

Greenland vorbei und steuerten in Richtung Halifax. Als sie

Neufundland passierten zog sich Kasch zurück um einen

Funkspruch abzusetzen. Er musste nicht lange warten und am

anderen Ende antwortete ein alter Bekannter. Kasch hatte

vor auf der Insel Au Haut vor der Küste von Maine einen

Zwischenstopp einzulegen und mit einem Schlauchboot

Quaddel zu besuchen. Der Kapitän war einverstanden und

freute sich auf das Wiedersehen. Angekommen gab Kasch

den Befehl die Insel zu durchsuchen, aber auf gar keinen Fall
Aufsehen zu erregen. Er machte sich auf den Weg zu
Quaddels Insel. Das Wiedersehen war herzlich und freudig
zugleich, zumal Kasch auch Karen mitgebracht hatte. Mikel
und Kismo waren ganz aus dem Häuschen. Sie hatten seit der
Abfahrt der Drei keinen Menschen mehr gesehen und waren
gierig, neues zu erfahren. Kasch zog sich mit dem „Alten"
zurück und erzählte in kurzen Zügen, was bisher geschehen
war. Als er vom Tod seiner Tante erfuhr, blickte er andächtig
nach unten, wissend, dass ihr Opfer nicht umsonst war. Kasch
weihte Quaddel in seinen Plan ein. Ein Schiff mit 60 Mann
sollte den Hafen von Sullivan anlaufen und von dort aus
geteilt Halifax und Quebec ausspionieren und wenn es geht
zu infiltrieren. Er wusste, dass die beiden Standorte als
Außenposten fungierten. Er wusste nur nicht wie stark die
Truppen waren, die Paulsen dort stationiert hatten. Er selber
wollte sich mit dem gleichen Ziel mit 30 Männern nach
Montreal begeben. Wenn alles so lief, wie er sich das
vorstellte, würden sie dann mit ihren Schiffen die Strecke bis
Detroit auf dem Wasserweg zurücklegen und sich von dort
aus in zwei Gruppen Richtung Winnipeg, wo Paulsen sein

Hauptquartier hatte, aufmachen und die Festung einnehmen.

Quaddel fand die Idee, die Kräfte zu spalten nicht richtig,

erwähnte es aber nicht. Er teilte Kasch mit, da sie ja wohl

Fahrzeuge brauchen würden, dass er mehrere Busse in der

Nähe von Ellsworth versteckt hatte. Er benutzte sie immer,

wenn er Landeinwärts nach allem Möglichen suchte. Es war

ein altes Schulgebäude an der Mainstreet, das mit einem

großräumigen Kellergeschoss ausgestattet war. Bevor sie

aufbrachen, wollte Kasch mit Karen noch ein Gespräch unter

vier Augen führen. Er war der Meinung, dass sie hier bleiben

sollte. Er hatte Angst, dass ihr etwas zustoßen könnte. Er war

selber überrascht über seine Gefühle für sie. Ja näher sie der

Entscheidung kamen, je öfter schwirrte sie in seinen

Gedanken umher. Es konnte nicht an der wundervollen Nacht

liegen, er hatte schon oft solche Nächte verbracht.

Zugegeben, so stark wie diese waren sie nicht. Er hoffte, dass

Karen seine Entscheidung billigen würde, war sich aber

darüber im Klaren, das sie wahrscheinlich nicht darauf

eingehen würde. So war es auch. Sie zählte eine Mehrzahl

von Gründen auf, warum sie wichtig für diese Mission war,

wobei der wichtigste wohl der war, dass sie mit den

Gegebenheiten der Festung sehr vertraut war. Kasch

wusste von Greenburg, dass dort die Festungen regelmäßig

und stetig verändert wurden. Pauslen schwor auf seinen

Abwehrmechanismus und sparte sich die Umbauten. Also

musste er Karen in seiner Nähe behalten um sie eventuell

selbst beschützen zu können. Bevor er zur Insel, wo seine

Kämpfer warteten, aufbrach, bat er Quaddel darum, dass

Funkgerät alleine benutzen zu dürfen. Er wollte einen

Funkspruch nach Frankreich absetzen um die

Zurückgebliebenen zu informieren, dass sie bald nachrücken

könnten. Der Kapitän war zwar etwas verwundert, gestattete

es ihm aber. Zurück bei seiner kleinen Armee informierte er

die Führer der Gruppen, dass sie sich zuerst in Ellsworth

treffen sollten um sich der Fahrzeuge zu bemächtigen. Dort

gab es einen Waterford Park, von dem er sich zusätzlich

einige brauchbare Materialien für die Schiffe erhoffte. Omar

sollte sich dann in Richtung Quebec und Mustafa nach Halifax

begeben. Angekommen in Ellsworth, überprüften sie die

Fahrzeuge, bestiegen sie und fuhren sofort los. Sie hatten

zwischen 500 und 800 km zurückzulegen. Funkkontakt sollte

nur im Notfall hergestellt werden.

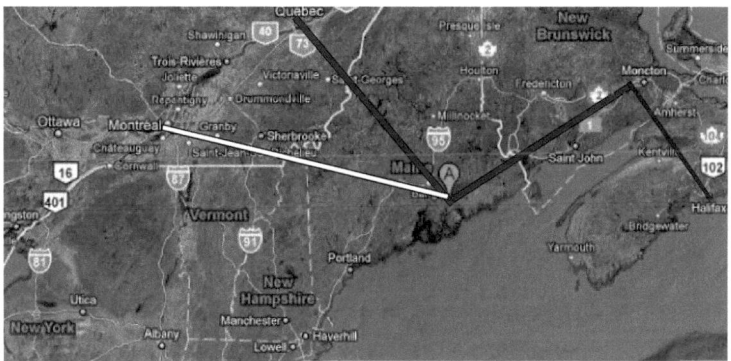

Die Fahrt ging vormittags los und dauerte zwischen 7 und 8

Stunden. In allen drei Orten war nichts Auffälliges zu

entdecken. Alles war leer, niemand war zu sehen, die

erwarteten Truppen waren nicht vorhanden. Man kam sich

vor wie in einer Geisterstadt. Was hatte das zu bedeuten?

Alle machten sich auf den Rückweg, trafen sich in Ellsworth

und berieten über die Geschehnisse. Omar, Mustafa und

Kasch saßen zusammen und keiner konnte sich einen Reim

auf die Gegebenheiten machen. Kasch kombinierte zuerst.

Wenn die Verfolger, die sie in Europa in die Irre führen

konnten, ihre Erfolglosigkeit gemeldet hatten und sie wirklich

eine so große Gefahr darstellten, dass sich drei der „6"

zusammenschlossen, würden sie jetzt alles daransetzen sie zu finden und aus dem Weg zu räumen. Das war zurzeit die

einzig logische Erklärung. Sie machten sich auf zur Insel Au

Haut um die weiteren Schritte einzuleiten.

Zur gleichen Zeit trafen sich Greenburg, Paulsen und Schüller

mit Pustin, dem Führer der nordöstlichen Welt an einem

neutralen Ort in Europa. In Frankfurt am Main hatten sie

einige Gebäude in der Innenstadt genau für solche Fälle

auserkoren. Kake Mishtar und Idi Ibn Mastaf wollten sich

nicht beteiligen. Sie sahen keinen Sinn darin, sich über eine so

kleine Schar Sorgen zu machen. Zudem waren sie der

Meinung, dass der Weg den die Aufständischen ihres Wissens

nach eingeschlagen hatten, mehr auf die von ihnen im

Westen gelegenen Festungen konzentrierten. Trotzdem

verstärkten sie vorsorglich ihre Wachen und die anderen

Sicherheitsvorkehrungen. Der Gebäudekomplex befand sich

an der Großen Eschenheimer Straße, der, was kaum jemand

wusste, sehr tiefliegend unterkellert war. Jeder hatte 10

ausgewählte Männer dabei, nicht mehr und nicht weniger.

Das Gespräch verlief stockend. Paulsen beteiligte sich kaum,

Greenburg war der Auffälligste. Er kannte Kasch und wusste

um sein Wissen und sein Können. Er riet den anderen zu

besonderer Vorsicht. Pustin sollte seine Schwadronen, so wie die anderen Anwesenden es bereits taten, aussenden um ihn zu finden und auszuschalten. Pustin, der sich mal wieder in irgendeinem Rausch befand, versuchte seine Inkompetenz zu überspielen, indem er laut sprach, fast schrie: „Was kann ein einzelner Mann mit, wie viel, 200 Mann, schon anrichten? Er soll nur kommen. Ich werde ihn vernichten, ausradieren, zerquetschen und dann werde ich euch seinen Kopf bringen." Das Gespräch war beendet. Pustin bewegte sich, einen Fuß vor den anderen setzend, darauf achtend, dass er das Gleichgewicht nicht verlor, in Richtung Ausgang. Schüller und Greenburg wollten gerade gehen, als Paulsen das Wort ergriff. „ Wir sollten in Betracht ziehen, Pustin auszuschalten. Er ist unzurechnungsfähig und könnte unsere Machtstellungen gefährden. Sollte dieser Kasch seine Festung einnehmen, würde es nicht mehr lange dauern und er würde den östlichen Kontinent kontrollieren." Beide stimmten nickend zu und sie einigten sich darauf ihre Streitkräfte zu mobilisieren. Schüller und Greenburg würden vom Seeweg her von der Westküste Amerikas Pustin im Osten angreifen. Pauslen würde ihn aus dem Westen über den Landweg her überraschen. Die Vorbereitung brauchte natürlich Zeit. Sie

wollten Ende des Jahres losschlagen. Dann machten sich die

Drei auf den Rückweg zu ihren Festungen.

Paulsen hatte außergewöhnliches geleistet. Seine Festung

stand bei Winnipeg. Er ließ einen künstlichen Kanal zwischen

Hamilton und Buffalo und einen weiteren von der Anchor

Bay bei Sarnia zum Lake Huron bauen und machte damit den

Weg über Quebec, Montreal, Detroit, Sault Ste. Marie über

den Lake Superior bis Thunder Bay schiffbar. Das dabei

tausende von Menschen starben interessierte ihn nicht im

Geringsten. Kasch und sein Gefolge schon wesentlich mehr.

Kasch setzte sich mit seinen Führern zusammen und sie

lauschten alle den Ausführungen von Karen, die durch ihre

Zeit bei Paulsen das nötige Hintergrundwissen mitbrachte.

Die Mauern der Festung bestanden hauptsächlich aus Stein

und waren ca. 20 Meter hoch, 5 Meter tief. Alle 2 Meter

waren Schießscharten, in der Höhe versetzt auf 2,5 m, 5 m

und 7,5 m. Jede Scharte war mit einem festen MG bestückt.

Der oberer Teil der Mauern war aus Holz, sodass bei

Feuerangriffen Pech und Brandbomben, die dahinter gelagert

waren, hin abfallen konnten. Die Türme auf den Mauern standen im Abstand von ca. 10 Meter und waren ca. 5 Meter hoch und 5 Meter breit. Sie waren aus Stahlgerüst und Stahlplatten gefertigt. Seitlich und im Turm befanden sich Drillingsflakgeschütze, also je Turm 3 Stück. Nachtsichtgeräte und Wärmesensoren, die bis 50 Meter Entfernung ausgelegt waren, rundeten das Ganze ab. Vor den Mauern wurden auf 20 Meter in sporadischen Abständen Stahlsprossen in den Boden gelassen, die ca. 2 Meter lang waren und 1 Meter aus dem Boden ragten, und in Angriffsrichtung ausgefahren werden konnten. Zusätzlich war das Gelände davor bis zu 50 Meter mit elektronisch aktivierbaren Landminen bestückt. Eine extrem schwierig zu überwindende Barriere. Die Landminen und die Stahlsprossen würden kein Problem darstellen, da Karen wusste, wo sich die Steuerung dazu befand und weil Karl ein Spezialist in Sachen Computer und Programmierung war. Die Nachtsichtgeräte und Wärmesensoren brauchten Strom; also würden sie die Stromzufuhr abschalten müssen. Das würde auch die MG `s ausschalten. Problem war, das die Stromzufuhr aus dem Inneren kam. Ende Juni 2013 war es dann soweit.

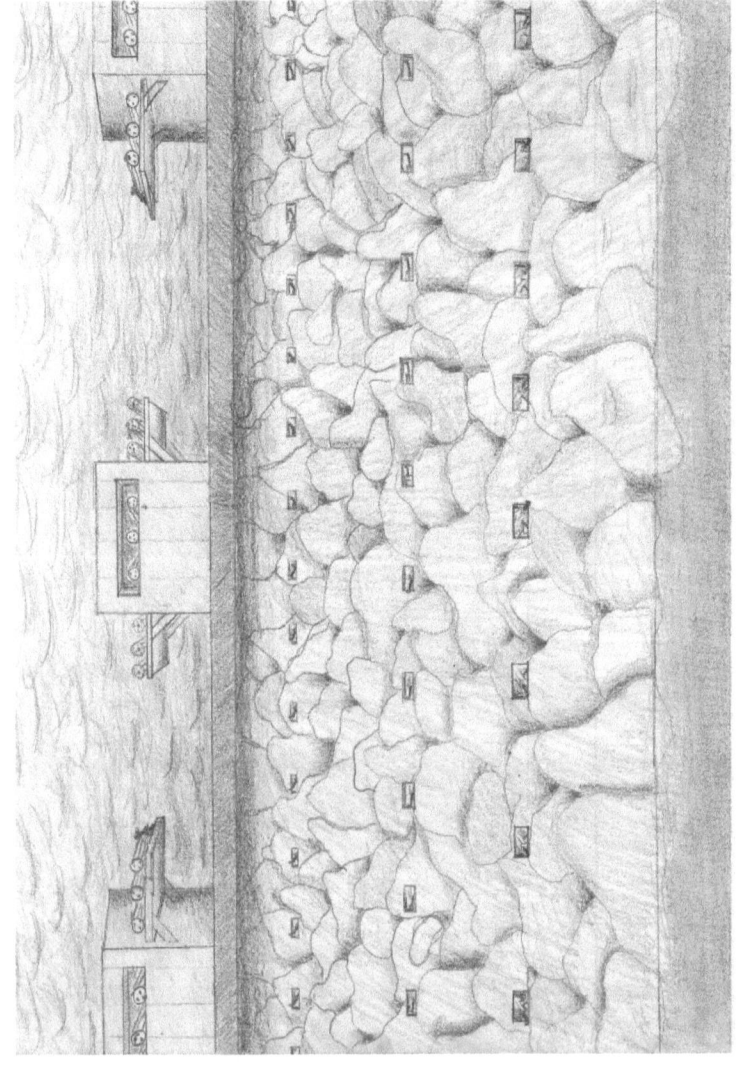

Der Himmel hatte sich mit dunklen Wolken zugezogen, als
wenn er auf ihrer Seite gewesen wäre. Nachdem Mustafa
Kasch mittels eines Codes über Funk über die Stilllegung der
elektrischen Anlagen informiert hatte, stieß er unbehindert
vor. Beide Gruppen befanden sich jetzt hinter den Mauern.
Karl war der erste, der sich darüber wunderte, dass sich ihnen
niemand in den Weg stellte. Auch waren keine Gefangenen zu
erblicken, die sich innerhalb der Mauern frei bewegen
durften. Er hatte sich gerade dazu entschieden die restlichen
Männer darüber zu informieren damit alle das weitere
Vorgehen besonders behutsam gestalten würden. Er kam
nicht sehr weit. Mustafa schlug ihn rücklings nieder. Osman
war zu erschrocken um zu reagieren. Er stammelte „Was soll
das?" Mustafa wandte sich ihm zu und sagte: „Vertrau mir,
ich kann dir jetzt noch nicht alles sagen, aber ich habe den
Befehl von Kasch bekommen." Osman nahm seine Worte
ernst, sie kamen schließlich von Kasch. Er fesselte Karl und
wies zwei Männer an ihn zu bewachen während Sie sich mit
ihrer Gruppe in Richtung Winnipeg Airport bewegten, dem
Hauptquartier Paulsen' s. Im Westen bewegten sich die
Männer wie im Häuserkampf vorwärts, bis Kasch das Zeichen

zum Halt gab. Er stand mit Karen an einer Häuserecke als sie
ihn fragte: „Wieso halten wir, der Weg scheint frei zu sein?"
Er wand sich ihr zu und erwiderte: „Dir wird nicht gefallen,
was ich dir zu sagen habe, aber du musst mir Vertrauen!"
Dann schlug er sie nieder. Omar, der in der Nähe stand,
machte sich daran Karen zu fesseln und in einem Gebäude zu
verstecken. Dann begaben auch sie sich in Richtung Airport.
Als sich beide Gruppen geduckt über das Rollfeld in Richtung
Hangar bewegten, erhellten hunderte Scheinwerfer und sie
waren von Paulsen' s Männer umzingelt. Kasch erhob sofort
die Hand und schrie: „Bewegt euch nicht, legt eure Waffen
nieder." Alle waren erschrocken und erstaunt zugleich, kamen
aber dem Befehl nach. Kasch, Mustafa, Omar und Osman
wurden zum Tower geführt. Die anderen wurden im Hangar
zusammengetrieben und streng bewacht. Alle hatten den
gleichen Gedanken. Er hat uns verraten! Warum! Was wollte
er damit erreichen?
Während alle abgeführt worden, bekam Prinzess Besuch von,
in ihren Augen, zu vielen Männern. Sie ergab sich den
Angreifern sofort. Karen wurde behutsam aufgerichtet und
wie Karl in Richtung Tower abgeführt. Sie war immer noch

Benommen, dachte aber sofort an Kasch! Was hatte er

getan? Die ganze Arbeit, der ganze Aufwand und jetzt verrät

er alle? Sie konnte im Moment keinen klaren Gedanken

fassen. Sie wurde zu den anderen im Tower gebracht und

genau wie die anderen an einen Stuhl gefesselt. Nur Kasch

stand mitten im Raum. Er war nicht gefesselt. Kurz darauf

erschien ein Mann aus dem Fahrstuhl. Sie erkannte ihn sofort.

Es war Paulsen! Er lächelte und sprach zu Kasch: „Was geht,

mein Großer? Alles gut gelaufen?" Alle waren verwundert!

Woher kannte Paulsen Kasch? Kasch antwortete: „Alles wie

geplant, Chef." Dabei dachte er an den Tag, an dem die

Männer zu ihm kamen und sie ihm anboten in einem Camp

Kämpfer auszubilden. Nachdem er auf den Deal eingegangen

war, trat Paulson an ihn heran. Er händigte ihm einige

Schriftstücke aus, die von seinem Onkel stammten. Er

überflog die Seiten und blickte dann zu Paulson. „ Was soll

das, was hat mein Onkel damit zu tun?" „Ich habe einen Plan,

der den Interessen deines Onkels sehr entgegenkommt"

erwiderte er. Sie führten ein langes ausführliches Gespräch.

Kasch glaubte ihm erst einmal, wollte aber nicht unachtsam

sein. Spätestens bei seinem ungewollten Treffen mit den

Männern im Wald, die angeblich von Greenburg kamen,

wusste er, dass Paulson die Wahrheit gesagt hatte. Die fünf

Kerle waren auch von ihm geschickt. Auch hatte er von dem

einsamen Schiff erzählt und das dass Zusammentreffen der

beiden rivalisierenden Schiffe von Schüller und ihm auf gar

keinen Fall Zufall war. Das Versteck mit den Waffen auf Kuba

war der nächste Hinweis. Die Unterlagen, die er im

unterirdischen Raum am Airport Shannon gefunden hatte,

machten ihn dann hundertprozentig sicher, dass Paulson die

Wahrheit gesagt haben musste. Allerdings war ihm immer

noch nicht klar, woher Paulson die Schriften von seinem

Onkel bekommen hatte. Er wollte soweit mitspielen, solange

Paulson nicht den Weg aus den Augen verlieren würde.

Dann betrat ein weiterer Mann den Raum und stellte sich

direkt neben Paulson. „Kasch, ich möchte dir einen guten

Freund von mir vorstellen. Das ist Önder, ein Spion, den ich

bei Schüller eingeschleust habe." Ungefähr fünf Sekunden

später sprang Kasch auf Önder zu, und nahm seinen Kopf in

die Hände. Das letzte was Önder hörte, war das Krachen

seines Genicks. Er hätte seine Tante nicht treffen dürfen.

Sofort wurde Kasch von mehreren Männern überwältigt und

Paulson vorgeführt. „Kanntet ihr euch? Was soll das? Er war der einzige meiner Vertrauten bei Schüller!" Kasch erwiderte: „Er hätte meine Tante nicht töten dürfen! Keiner, der sich gegen meine Familie stellt, überlebt!" „Was ist mit deinen Freunden" fragte Paulson. „Gebt mir einen ruhigen Raum und ich werde mit ihnen reden. Danach entscheide ich was weiter mit ihnen geschehen soll!" Sie wurden zu einem Raum im unteren Tower geführt. Dort wurden sie wiederum gefesselt und waren nun mit Kasch allein. Als erstes untersuchte er den kompletten Raum nach Wanzen und Kameras. Dann begann er seinen vier Freunden seinen Plan kurz und knapp zu erläutern. Mustafa und Omar waren schon eingeweiht. So brauchte er nur noch Karen und Osman überzeugen.

Er wollte mit Hilfe von Paulsons Truppen Greenburg bezwingen. Dann hätten sie zwei Festungen, die sie kontrollieren würden, ganz abgesehen von dem Angriff von Schüller und Greenburg auf die Festung von Pustin. Wenn sie es geschickt anfangen würden konnten sie wirklich etwas bewirken. Seine Worte waren sehr eindringlich. Alle Vier waren davon überzeugt, dass Kasch es ehrlich meinte. Karen sprach als Erste! „Warum hast du uns nicht alle eingeweiht? Traust du uns nicht? Haben wir nicht alle bewiesen, dass wir dir bedingungslos folgen?" „Du hast recht, aber ich konnte nicht riskieren, dass jemand von euch, bei einer eventuellen Gefangennahme, den Plan durch sein Wissen gefährdet. So war es besser nur das nötigste zu erzählen. Ich kann verstehen, dass dies eine schwierige Entscheidung für euch ist. Ich kann aber nur für eure Sicherheit sorgen, wenn ihr auf meiner Seite steht. Viel wichtiger ist, dass ihr mir vertraut, wieder vertraut. Wenn ihr euch für mich entscheidet werde ich euch in allen Lagen in meine Pläne, in mein weiteres Vorgehen und in alles was uns betreffen könnte uneingeschränkt einweihen. Es ist eure Entscheidung. Ich lasse euch jetzt für eine Stunde allein. Dann solltet ihr euch entschieden haben." Er löste ihre Fesseln und wollte sich gerade entfernen, als Karen ihn am Arm festhielt. Er drehte sich um und bekam eine mächtige Ohrfeige. Er schaute Karen vertrauensvoll an, drehte sich um und ging. Die hatte er verdient. Die Stunde zog sich ewig dahin. Dann war es soweit. Er betrat den Raum. Unaufgefordert stellten sich Mustafa, Omar und Osman hinter ihn. Karen zögerte noch. „Was ist mit dir?" fragte Kasch. Karen überlegte. Sollte sie sich zu ihm stellen? Sie verlangte Ehrlichkeit! War sie immer ehrlich? Konnte sie dieses Spiel auf Dauer spielen? Ihr Nachteil war, dass sie total in Kasch vernarrt war. Wenn sie nicht zu ihm Stand, würden sich ihre Wege trennen, was nicht vorgesehen war. Also ging sie langsam auf Kasch zu, blieb kurz vor ihm stehen, blickte ihm tief in die Augen und sprach mit ruhiger, fast rauchiger Stimme: „Ich vertraue dir"!

To be contiuned...

164

NOTIZEN

Herstellung und Verlag:
Books on Demand GmbH, Norderstedt
ISBN 978-3-8391-2209-9